大都市小纠缠

罗袜生尘 著

中国華僑出版社

图书在版编目（CIP）数据

大都市小纠缠/罗袜生尘著. —北京：中国华侨出版社，
2014.8

ISBN 978-7-5113-4566-0

Ⅰ.①大… Ⅱ.①罗… Ⅲ.①短篇小说－中国－当代
Ⅳ. ①I247.7

中国版本图书馆CIP数据核字（2014）第076152号

大都市小纠缠

著　　者 / 罗袜生尘
责任编辑 / 棠　静
责任校对 / 王 京 燕
封面设计 / 田田Design
经　　销 / 新华书店
开　　本 / 710毫米×1000毫米　1/16　印张/16　字数/200千
印　　刷 / 深圳市希望印务有限公司
版　　次 / 2014年8月第1版　2014年8月第1次印刷
书　　号 / ISBN 978-7-5113-4566-0
定　　价 / 28.80元

中国华侨出版社　北京市朝阳区静安里26号通成达大厦3层　邮编：100028
法律顾问：陈鹰律师事务所
编辑部：(010) 64443056　传真：(010) 64439708
发行部：(010) 64443051
网　址：www.oveaschin.com
E-mail：oveaschin@sina.com

DA DUSHI
XIAO JIUCHAN

大都市小纠缠

目录

与你无缘的人，你与他说再多也是废话

与你有缘的人，你的存在就能惊醒他所有的感觉

有些人即使在结识数年之后依然是陌生的

彼此之间总似有一种隔膜

仿佛盛开在彼岸的花朵，遥遥相对，不可触及

而有些人在出场的一瞬间就是靠近的

仿佛散失之后的再次辨认

那种近，有着温暖、真实的质感

龅牙妹的春天

1

大学一年级的时候，我开始养活自己，开始是做零星的家教，后来在一个学生家长的介绍下，给一家房地产公司发传单，顶着中午的烈日向人微笑着解说，汗水顺着头发滴下来，一天15元。当我每天穿过漆黑的弄堂一个人回家时，当我费力地去开那嘎吱乱响的木门时，当我一个人睡在租来的、家徒四壁的房子里时，当我坐在窗户边儿一笔笔在纸上码字时，我真的觉得很悲凉，一种没有爱的悲凉感。

重男轻女的父亲，在我3岁时和母亲离异。恰逢父亲的工厂破产，他开始了嗜酒和赌博的生活。此后我的记忆里一直残留着饥饿的感觉，没有人做饭，唯一能吃饱的机会，是父亲酒醒后和不同的女人见面之后，偶尔他会哼着小曲，带回一些吃的。但更多的时候，父亲会醉醺醺地回来，指着我的鼻子说，怎么生了我这个拖油瓶的！我总是胆怯地躲到角落里，咬着牙不让自己哭出声，因为哭声会激怒父亲，换来一个大大的巴掌。

后来，父亲还是结婚了。父亲开了个小餐馆，不知怎么就和那个瘦黑的女服务员搞到了一起，他们还生了个男孩儿。每当父亲笑容满面地看着儿子，毫不吝啬地为他买玩具的时候，我尽量沉默着。我知道自己在家里的地位，唯一能做的事情就是勤奋地学习。

高考前父亲的生意已经不怎么好了，原本是不准备让我继续上学的，可是我的成绩太好了，考的是非常有名的大学。亲戚和朋友都来祝贺，父亲一下子觉得颜面有光，忽然就改变了主意，但除了学费外，只给了我 500 元。

我每天都吃方便面，吃得面黄肌瘦。楼下有家小店是卖葱油饼的，可是一个肉馅的居然要 8 毛钱，够我吃两顿方便面了。每天我经过的时候都要狠狠地吸几下空气，那种浓郁的葱肉香味真是太美妙了，我对自己说，将来有钱了，每天都要吃 10 个！

我的成长经历令我成为一个倔强沉默的女孩，长久的营养不良让我的小龅牙更加凸出，整夜的伏案写字令我背部微驼，还不得不戴上厚厚的大瓶底。学校的八卦男生喜欢在背后称我为“龅牙妹”，青春期的敏感让我隐约明白了没有人喜欢我。但在长久的逆来顺受中，我已经学会沉默地回避。

2

我从来没有向父亲和任何人倾诉过我的艰辛。每次领到稿费，我会犒劳自己一个葱油饼，偶尔会买双运动鞋，或者其他一些女孩子的小饰物，同桌的女生会说：“父母寄生活费了？真幸福啊！”我会沉默地点头笑笑，然后悲哀地想，所有的人都以为我有充满宠爱的家。

因为我的丑小鸭模样，我的沉默自闭，我没有朋友。我最怕学校组织的课外活动，因为老师总会要求一个男生和一个女生结伴照顾，而没有人愿意跟我一组。我低着头落在后面，班长会不耐烦地催促，有几个漂亮的女生就会小声嘀咕，这个人就是这么讨厌，平时怪里怪气，长得这么丑，还扮什么酷呢。

我咬着牙，抬起头，狠狠地瞪着她们。我在心里诅咒她们，明天早上起来的时候长成老巫婆的样子。然后，我的心里舒服极了，仿佛真的看到她们对着镜子看着自己比我更丑陋的样子，号啕大哭的情景。

快毕业前的一个夜晚，我一个人回到那个漆黑的巷子的时候，一个浑身酒气、赤裸着上身的猥琐男人忽然就从背后冒了出来。他抓住我洗得发白的校服裙子狞笑着说：“小姑娘，到我那儿去，我给你买漂亮的裙子。”从来没经历过如此阵势的我失声尖叫，我不知哪来的一股勇气，狠狠抽了他一巴掌，然后乘机拼命向巷子口跑去。在灯火通明的路灯下，我撞到了他，那个同级不同班的男生，他经常在晚上替家人在巷子口照看着报亭。

他看着衣衫不整、狼狈不堪的我，吃惊地问怎么了，我终于放声大哭起来。他手足无措地看着我，隐约感觉到发生的事情。后来，在我的哭声终于停歇之后，他涨红着脸说：“我送你回去吧。”我的嘴角动了动，本来条件反射地想回绝他的，可是，我看到了他的牙，和我一样的小龅牙，居然是这样地漂亮，他的眼神，有一样东西忽然就照进了我的心灵。我倔强的灵魂，不由自主软化了，我忍不住从嗓子里发出了一个

“嗯”字。

一前一后，我第一次发现漆黑的巷子居然这样短，我第一次这样安心踏实，我一直都没有说话，但是有泪在我心里涌动，很温暖，和以往流泪的感觉截然不同。那天夜晚，我睡得很香。很多年以后，我总是会在梦中重复那个场景，那个男孩子腼腆的脸庞和他那可爱的龅牙。

3

毕业后，我在一家外企公司找到了做销售的工作，从底层做起。上帝总是会宠幸那些勤奋的人，所有的努力都会有回报。很快，我就做到了业务主管的位置，薪水足够我租好一点的房子，为自己买颜色鲜艳的衣服和高档的化妆品，我开始向白领的生活靠拢。

尽管医生一再告诫，小龅牙并没有多大影响，我还是花了一下午时间套上紧紧的牙箍。为此，我更加缄言。两个月后，好像真的有点效果，牙床却被束得像针扎般疼痛，我的心情也不由自主地沮丧。

老总分了两个新来的业务员让我带。面对他们诚惶诚恐的表情，我用隐藏在镜片后面的犀利眼神，冷漠地扫射一遍，然后一字一板地告诫他们那些苛刻的规章制度。他们唯唯诺诺地点头，我第一次感觉到虚荣心得到了满足。

年假的时候，父亲在电话里一再要求我回家。是的，我整整3年都没回去过了。我穿上最好的衣服，拎着昂贵的手袋，坐着公司派的小车，大有衣锦还乡的感觉。我拿了一叠钞票，冷冷地递给他，我说，就当是还我的养育之恩吧。我看着他怔怔了半晌，沉默着接过，我看着继母小心翼翼地为我忙前忙后，他们的眉目眼神全都是卑躬屈膝的表情，我心里有了畅快淋漓的感觉。我想，当初，那个受人排挤和嘲弄的丑小鸭，要的不就是今天吗？

我拼命地工作，机械化地打磨着人生价值，不就是为了今天吗？为什么当这天来临的时候，我却心酸地发现，我得到了想要的一切，却不是梦寐以求的感觉？

那天夜晚，弟弟把房间让给我住。半夜的时候，我再次梦见那个长龅牙的男生，他温暖真诚的眼神，然后，我在隔壁父亲和继母隐约的对话中醒来。父亲叹着气说："当初委屈了孩子，真是对不起她。"这一句话，让我终于忍不住泪涌如泉。

那种被无法言喻的委屈感堵着胸口的结，忽然就这样松开了。那些沉重而悲恸的过往像放电影一样在脑海中闪现，我想起当初自闭沉默的背后只是想撑着一口气，把希望寄托到现在。可是承受了那么多，付出了那么多，时至今日，是为了报复的快感和虚荣心的满足吗？我那隐藏在躯壳里的灵魂，并没觉得幸福和快乐啊。

我再看父亲的时候，居然发现他有了一半的白发，继母的身躯臃肿而缓慢。他们在清晨的阳光中为我端上早餐，满含期待看着我。我的眼泪再次涌动，为怕他们发现，我别过脸，擦都不敢擦。我忽然发现自己居然这样地矫情。

我第一次试着去拷问自己，接受悲伤，拥抱仁慈，学会宽容。我的内心，也第一次感觉到广阔的宁静。

我的故事，在这里终于可以告一个段落了。

4

2007年，一个长着小龅牙的、笑容阳光的小男生，他在电视上说：“我长得不帅，但可以很经典。”他说：“有人会因为我的唱功而忽略了我的长相。”他说：“没有人天生该对谁好，所以我们要学会感恩。”

我坐在电视前面，一边狂发短信，一边激动地呼和着大唱。旁边，我那眼神温暖的男友微笑地看着我。

此时的我，做到了部门经理。因为我的坚韧、努力，也更是因为我的真诚和善良。我越来越看清楚了生活的本质和温暖的真相。放眼那些挣扎而过的似水流年，我也终于知道，当初身边人对我的讨厌，并不是因为我不美丽的外表和弱势的环境，而是我心里对生活和身边的人饱含着失望、嫉恨、厌恶。我从来不曾想过和别人交流，从来未曾向任何人打开过心门，所以，爱，也从来无法流淌进我的心。

那年，我一点点找回了健康的心，我的生命变得纯粹而勇敢。我放弃了一直让牙床疼痛的牙箍，我的微笑开朗率真。我的厚厚瓶底被隐形眼镜取代，我的眼神温暖真诚。我新留的长发让我显得从容聪睿，我的态度谦和勇敢。我从一个丑小鸭变成了公主，我的朋友越来越多，爱情也随之而来。

原来，试着去爱，才是最有力的武器，可以让容颜变得美丽，灵魂变得温暖，甚至，让我的小龅牙在笑的时候也无比灿烂。

再见，爱情

1

潇潇在等一个电话，在凌晨一点的时候，等待一个叫卜南的已婚男人的电话，就好像守株待兔一样可笑，但是她愿意等，虽然，她不确定他会不会真的打来。

时间一分一秒地过去，喧闹的街道慢慢地平静了。已经过了一点，电话还没有响起，可是她依然固执地等。

终于，她的电话响了。他说："我在你楼下。"

然后他上来了，潇潇就扑到他怀里。一个女孩深夜允许男人到自己的居所，在某种意义上已经是一种默许。

卜南在S市开了家文化公司，身边常常有在电视上露脸的明星，他开名车，他没有中年男人的臃肿身材，但他有成功男人的从容。在潇潇的心里，卜南是一个好男人，他不像别的男人。她遇见过不少男人，他们看她的眼神都是赤裸裸的，恨不得用眼睛把她的衣服剥光。

潇潇大学毕业后，做了一个栏目主持人的助理，她是在电视台遇见卜南的。潇潇很漂亮，男人对漂亮女人有非分之想是很正常的，但是卜南看她的时候却不一样，他的目光温和而又怜惜，像一潭平静的秋水。和他在一起，她像个无忧无虑的邻家小女孩。

潇潇爱上了卜南，尽管她知道在老家他有漂亮的妻子和可爱的女儿，但她不在乎，爱情是一件让人奋不顾身的事情，爱上了，谁还要脸。

她喜欢和他在一起，从第一眼看见他，就被他吸引。他的肩膀很宽厚，温和的手轻轻抚摸她的脸，像是在呵护一件瓷器。只是卜南对她最亲昵的举止也只是亲吻，从不越雷池一步。卜南是喜欢她的，潇潇从他的眉目里看得出来。爱情，真是一个纠缠的过程。

他把她搂在怀里，他的手缓缓抚过她的头发、额头、眉、睫毛，再到脸颊，最后停在她如花的唇上。她立刻伸出手臂攀上去，把自己的身体贴上来，把他的手往柔软的地方牵引。

风生水起时，她的身体忍不住颤抖起来，牙齿也因为战栗而发出哆嗦的声音。卜南迟疑了一下，然后停了下来。他轻轻地说："你真是一个纯洁的姑娘。"然后他又说："我只想要柏拉图式的感觉，我不和处女谈爱情。"

然后他站起来，他说："我带你出去吃夜宵吧，这么晚，你肯定饿了吧。"

潇潇说是的，然后跟着他走了出去，在步行街旁边吃了过桥米线，然后去沿河大道散步，走走停停，靠着栏杆，一直到东方发明，到了她上班的电视台门口。她伸手拉了拉他的衣角，嘴唇翕动，想要说什么，但他还是转身走了。

2

潇潇生日的时候，收到了卜南送的玫瑰花。99朵，很娇艳欲滴，连主持人都惊讶地张大了嘴巴。晚上出来的时候，她特意去买了件黑色的长裙，很飘逸，感觉很有女人的风情。她想这应该是一个浪漫的夜晚。

卜南见到她的时候，眯着眼睛看了一会儿，然后笑了笑，什么也没说，带她去吃海鲜，在一家很精致的餐厅。他手把手教她怎么样剥蟹壳，然后微笑着，带着怜爱般的微笑看着她吃。

他开了瓶红酒，却只让她喝了一杯。他说，女孩子，不能喝太多酒的。他自己却慢慢地喝掉了半瓶。

后来，路过影院门口的时候，他们很俗套地去看了场电影——《胭脂扣》。坐的位置是后排，灯光很昏暗，潇潇便把头靠在了卜南的身上，还拉着他的手轻轻咬了一下。卜南说："老片还是有经典的味道，你怎么不好好看呢？"潇潇不理他，凑过去亲吻他的脸，旁边有一对男女早已抱拥在一起，这样暧昧的场合太容易调动调情的气氛了。

没想到卜南生气了，他把潇潇的身体摆正，很严肃地警告她说："你是一个好女孩，我给不了你承诺，不想你将来恨我。"

潇潇有些委屈，便沉默地看起了电影，后来，她流了眼泪，鼻翼还不停搐动着，不知道是因为剧情，还是因为卜南的拒绝。但是卜南却没有理会她，一直到结束，卜南才开口说话，他说："你看，女人在爱情中往往都很伟大，甚至可以殉情，但是男人就比较懦弱了，往往没有最初的勇气。"

灯光重新打开的时候，他扭转脸盯着潇潇的眼睛，一字一句地说："你是个好姑娘，不要相信男人，男人都是情欲动物，会骗人的。"

第二天晚上，潇潇打卜南电话的时候，他却告诉她，他去了无锡，还会去其他几个地方，3个月以后才回去。他的话很温柔，让潇潇感觉是一个离家出差的丈夫在向妻子报平安。她看到镜子里的自己，面颊绯红，眼睛里有温柔的光芒在漂浮，她想，这就是思念吧。

3

卜南走的3个月里，潇潇跟着主持人去了一趟北京，参加一个颁奖活动。到场的有很多娱乐界的大腕级人物，大家都互相客套着。主持人明显属于三流角色，却始终不卑不亢，很优雅地摆着姿态。

一场节目录制完后，导演招呼着大家吃夜宵。主持人却在化妆间把头伸出来大声告诉潇潇："我们不去了，有朋友一会儿来接。"人群散后，主持人却带着她去了一家偏僻的小店吃煲仔饭。她很惊讶地问："姐，不是说有朋友来接吗？"主持人呵呵笑说"傻丫头，哪有什么朋友，不过是自己给自己挣个行情。"

活动结束的前一天，主持人戴着大墨镜去了一间酒店，让她等候在大厅里。大约一个小时后，主持人匆匆出来了，拉着她就去坐计程车，赶往机场。

回去后的第二天，她就被告知主持人将要调到另外一家收视率更高的电视台，而她则不能跟去。一周后，娱乐报纸开始报道，主持人在北京某某酒店私会某富豪的八卦消息。

潇潇依旧在电视台做些杂事，夜晚便打电话给卜南。说起这些事情，卜南笑笑，他说：“丫头，你要独善其身，社会是个大染缸，你还是回去接着读研吧。”

潇潇不愿意，便随口找了个理由，有些恹恹地说：“读研是需要很多经费的，我没有钱。”卜南问她需要多少钱，她说，两万吧。那时候，她一个月只有800元的收入，两万是个天文数字。卜南问了她的账号，便不再说什么，挂了电话。

第二天，潇潇发现自己的卡上多了两万元钱，她忽然流泪了。她没有去考研，也没有动那些钱，而是重新跟了一个刚出道的女星，平时拎包倒茶，更多时候替她应付狗仔队们，发布一些炒作新闻。

卜南回来后，他们在一个剧组里遇见了一次。他身边依旧是妩媚的女明星，两个人还穿着同样颜色的情侣装。潇潇刚为女星补完妆，那部电影的投资人，一个很有艺术情节的老男人便钻进了化妆间，几分钟后他嬉笑着退了出来，随手在潇潇的肩膀上很暧昧地拍了一下，小声说：“我准备再投部戏，让你演怎么样？”潇潇不动声色地附和着微笑，然后，一扭头她便看到了卜南。

他看她的瞬间愣了一下，便立刻恢复了常态，很随意地点头算打招呼了，就揽着身边的女人转身离开了。留下潇潇傻傻站了半天，后来，她再也没见他来过。

4

电影杀青的时候，便有八卦消息说，女星用性贿赂投资人上戏，还预备搭上自己的助手。对于这种司空见惯的炒作，潇潇已经修炼到波澜不惊的地步了，但卜南却打电话给她。她不知道他在哪找到她的手机号码的，她想，肯定是费了一番心思的。

卜南说的话很少，用很冷淡的语气对她说："潇潇，你是个好姑娘，别跟他们瞎混，会被带坏了的。"电话挂断后，潇潇还傻在那里，她本来是在收拾行囊准备回家的，家里打来电话说帮她在一所私立学校找了个教师的工作。

第二天，潇潇去找了那个投资人。夜晚的时候，她去了事先约好的酒店……老男人看到床单上一抹殷红的时候，激动得差点痛哭失声了，他说："没想到你还是个处女，我居然遇见了一个处女，你要什么角色我都给你。"

老男人呼呼大睡的时候，潇潇跑出来给卜南打电话。电话响了一声便通了，潇潇忽然就流泪了，她说："南哥，我终于可以爱你了。"

卜南在电话里沉默了一会儿，问她在哪儿，让她待在那儿别动，等他来接。

卜南来的时候，潇潇一下子扑到他怀里。她刚烫成波浪卷的头发有些凌乱，衣服有被压皱的痕迹，脖子上有红色的吻痕，走路时腿有些发软。她抱着他的腰，低低说："南哥，我终于不是处女了。"

卜南叹了口气，揽着她上车，然后紧紧抱了抱她，轻吻着她的眼睛。

卜南终于要了她，那是三天以后的晚上。

她说："爱情是一朵花，我不想让自己枯萎，所以，我要选择相爱。"他便不再拒绝她了，狂乱过后，两个人虚脱地躺着。她不知道说什么。心里有微微的幸福和疼痛交织的感觉，为爱情牺牲是一种悲壮，这种拼命强化的悲剧感，到底是不是爱情呢？

……

一个男人和一个女人，在一起发生了身体关系，只能是爱情，或者是欲望。

如果一个男人因为你是处女而拒绝，固然说明他不是一个坏人，但是，他也一定是不爱你的。因为处女，他不愿意负责，害怕内疚。他想要的东西，永远只能建立在对方的伤口上。可如果你爱上了这样一个男人，就算你不是处女了，他能给予你的，也只是欲望。

潇潇醒来的时候，卜南依旧在酣睡。她想起一句电影里的对白，不可能的爱情是最灿烂，也是最痛苦的，只有在最灿烂的时候结束，才不会有痛苦。然后，她轻轻起床，穿衣，开门，离去。她对自己说，再见，爱情。

错过时光，却不想错过你

1

5年前的夏天。祁莲坐了一天一夜的火车去W市看初恋男友。他们是大学同学，毕业后半年没有见面，她事先没有告诉他。她想给他一个惊喜。

她等在他家的楼下，直到中午才看到他，当然，不仅仅是他一个人，还有一个女孩。他拉着女孩的手，说话的表情傻子也能看出来两个人是情侣。看到她时，他有些惊慌失措。后来，他让女孩先回家，他低着头对她说：“对不起。”他说：“她的父亲帮我安排好了工作，我想在家乡过安稳的生活，请你忘记我。”他甚至连请她上去坐一会儿都没有。

她沿着沿江大道走了很久，后来看到靠江的一片绿化公园里有家咖啡厅，她进去要了一打雪花。黄昏的时候，她走出来蹲在江边看着水流潺潺，那些过往的点滴像电影一样在脑海里播放出来。醉意上头，她倾身一跃就跳到了江里。

淤泥的臭味和江水呛入口鼻，让她忽然清醒，她后悔了。岸边嘈杂起来，有人大声喊着救人，后来，在她意识即将模糊的时候，听到扑通的声音。她知道有人救她来了，在失去知觉前，她咧开嘴笑了。

她在医院刺眼的白色中醒来，时间已经是夜晚了。她看到一个男孩站在病床前，一动不动看着她。见她醒来，男孩递过一杯温水，说："从来没见过溺水的人会微笑。"他不问她为什么自杀，而说溺水，向来轻生的人大都有不愿启齿的理由，她为他的善意说了声谢谢。男孩说去为她买两件衣服，就出去了。她觉得好困，又睡了过去。

等她再次醒来的时候，床头放了一件粉色的公主裙，还有内衣，尺寸都很合身，但是，男孩子却不见了。她问了医生和护士，大家都摇头，只知道他把她送来，缴足了医药费。他甚至连姓名都没有留。

坐在回程的火车上，她再次想起那个男孩，大约不会超过 22 岁，短碎发，长相很平淡，却很阳光，长了一双漂亮的眼睛，在笑的时候，眼神干净、温暖。让人觉得很美好。

她觉得遗憾，没有问他的名字和联系方式。她只是见到他一次，还想再见到他，或者，做个朋友也不错，说不定以后，可以试着恋爱一下呢，如果他也没有女朋友的话。她有些羞涩地想。

回到 B 城后，有朋友为她介绍男友，每次她都摇头微笑着拒绝。她们以为她还在想着那个初恋，她知道不是，她只是想起了那个温暖的男孩。

她相信地球是圆的，她相信他们会重逢。

2

2003年春天，祁莲跳槽了几次，终于在一家很大的私企做了老总秘书。大公司待遇高，竞争也大，同事之间感情泾渭分明。她小心翼翼做着自己的本职工作，却也处处不卑不亢。

老总的心脏不好，常常回G城老家休养，他在或不在的时候，祁莲都会是最后一个下班的人。公司的很多事物都交给副总林在做，祁莲常常会拿着已经签字的文件和票据轻轻叩响他的办公室，林这个时候大都是低沉着说请进，但眼睛还是聚精会神地盯着电脑。

林是一个年轻的工作狂，有人议论说他和老总的儿子是大学同学，有一个漂亮的女朋友在一年前车祸死亡，此后，他面容冷峻，很少有笑容，并且在工作上对下属要求非常严格。很多人都很害怕他铁青着面孔的样子，他的成熟与老道，和年龄极度不相称。

那天下午，祁莲因为统计一份报表忘记了时间，等她忙完的时候，才想起有份讲话稿还没顾上交给林，已经到了下班时间。她忐忑不安地敲开林的门，他居然还没有离开。她有些结巴地说明原委，他出乎意料地没有发火，只是淡淡地让她把东西放下。

她出门的时候，他忽然说："等等，帮我冲杯咖啡吧，晚上我要加班。"她冲好咖啡后，在楼下看到有卖盒饭的，顺手买了份送上去。林有些意外，他说："谢谢！"疲倦的眼睛里忽然溢出温暖的神情。祁莲的心，忽然动了一下。

几天后，祁莲在下班前接到林的内线电话，他的声音有些犹豫，顿了一下才说："晚上你有空吗？"祁莲的心跳了一下，她说："有。""那我们一起吃饭吧。”他佯装的平静中有一丝颤抖。

吃饭的时候，林穿了件休闲的T恤，他侧身点单的时候，祁莲看到他衣摆下面露出的腰身，那是一个结实、健康的年轻男人。在工作中板着严肃面孔的林，在生活中，又会是什么样呢？想到这个问题，祁莲觉得很有趣。

后来，自然而然地，下班后两个人经常结伴去吃饭。祁莲在公司没有朋友，他更没有。两个人像是事先商量好一样，从来都是避着公司的其他人，那种感觉，有点像做贼，也又有一点甜蜜。

过了很久，有次他们在一起牵着手上超市，不经意碰到了一位新来的大嘴巴同事。看到那个女孩张大嘴巴的样子，祁莲下意识地把手往回抽，但是，林却突然用劲拉住她，很自然地和女孩打招呼。

果然，第二天，有同事神秘兮兮地过来问她：“听说你们在谈恋爱？”这一次，祁莲没有否认，也没有承认。她笑了笑，没有说什么。

3

这年冬天，祁莲依然相信地球是圆的，可她已经没有了等待重逢的勇气。

林买了戒指向她求婚，甚至重新装修了房子，购置了一些结婚用品，一切都按照她的喜好。他还通知了一些分散各地的朋友、同学。

那天下午，林告诉她：“我的一位大学同学杰从美国回来了，来参加我的婚礼。”杰就是老总的儿子，他们两个有很深的同窗之谊。林小时候家境不好，大学的一半费用都是杰帮助的，这也是林为什么专心致志地在这里工作的大半原因。

看到杰的时候是晚上，那天林为回来的同学接风，祁莲怕吵没有去，她说：“你们男人有自己的话题，我去了反倒搅了局。”林回来的时候已经喝得不省人事，送他回来的就是杰。

看到杰的时候，祁莲有一瞬间的恍惚，那双熟悉的漂亮眼睛，唯一不同的是，他的头发理成了平头。她张张嘴巴，最后，却什么也没问，因为林开始呕吐了，她手忙脚乱地忙了起来。

第二天，祁莲就对林提出推迟婚礼，她说：“也许我是患了婚前恐惧症，也许……”她的话连自己都觉得很苍白无力。林很吃惊，他看到祁莲的大滴眼泪，他不是傻子，他颓然坐到椅子上，后来，他叹口气问：“你爱上别人了？”祁莲没有承认，也没有否认。林淡淡地说：“那就取消婚礼吧。”

杰回来后在公司负责策划，大有接班的意思。祁莲开始借故跑到策划部，两人熟悉后，杰常常让她帮一些小忙。有一天，只剩下两人的时候，祁莲忽然说：“我们以前见过的，几年前，在武汉长江边，你把我从水里救起。”杰想了一下，笑着说：“都过了好几年，谁记得那么清楚！”祁莲提示他：“后来你把我送到医院，还给我买了衣服。”杰眨眨眼睛：“我以前喜欢送美女衣服，好像真有那么一件事。”

祁莲鼓起勇气：“从那次后，我一直想再见到你，杰，我喜欢你。”杰愣住了，半晌，他说：“你不是要同林结婚吗？”祁莲伸出手，轻轻放到他手上，说：“婚礼已经取消了。”

4

祁莲和杰在地下车库拥吻的时候，林正好开车进来，他大笑着骂杰：

"原来是你这小子。"他嘲笑他们："真是忙里偷闲，下班了什么做不了。"祁莲和杰都有些讪讪的，但很快在林的渲染下恢复常态。

他们约了三个人在周末开车去郊外，但是到了周末，林却打来电话说有人介绍他去相亲了，让他们两个玩得高兴点。末了他还调侃说："别沉醉到天黑，找不到回来的路。"

又过了一个月，林忽然申请调去了公司新开发的西北区域，他说："总在一个地方待腻了。"临行的前一晚，三个人去喝酒，林再次喝高了，他又开始拿祁莲和杰开涮，开始是祝愿，接着是嘲哄，后来，他面红耳赤地疯狂了，他指着他们大声骂起来："我恨你们，祁莲，我多爱你，就有多恨你！杰，我们的感情有多深，我就有多恨你，我一辈子都不会原谅你们！"

然后他倒下呼呼睡着了。等第二天，祁莲想去问候的时候，他已经乘了最早的飞机离开了。

有些人的感情是隐忍着的，一旦爆发，像原子弹一样强大。而有些人的感情，开始浓密而激烈，但是，渐缓会消失殆尽。

2007年圣诞节的夜晚，在和杰第N次冷战过后，祁莲在烟花绚烂的街头撞到杰拥抱着一个金发碧眼的女孩。他们终于分手。杰说："有件事，我一直想告诉你，我不是把你从江里救出的那个人，我从来没去过武汉，我甚至连游泳都不会。"

他说："当初我觉得自己也很喜欢你，所以就骗了你。现在，我已经不爱你了，觉得有必要告诉你真相。"

5

5 月，辞职后的祁莲参加了一个去三亚的旅游团。在海边钓螃蟹的时候，无意中踩到一个男孩的脚，她说对不起。男孩子转头，露出错愕的神情，他说："我以前见过你，也是在海边，你还送了我一只海螺。"

祁莲笑了，她想了想，对男孩说："我以前从来没有到过海边，这是第一次。"然后，她说："不过，我们今天在海边见到了，可以交个朋友吗？我叫祁莲。"

男孩也笑了，他愉快地同她交换联系方式。

她想起那个长江边遇见的男孩，还有林，还有杰，他们遇错了时光，错过了彼此，但她却没有遗憾。

生命中，有些人会消失，有些人会出现。眼前这个男孩，年轻阳光，笑容干净，眼神温暖。如果他没有女朋友的话，或者可以恋爱一下。

寂寞女人和37度男人

1

安宁整夜无眠，隔壁却是一个美不胜收的夜晚。蓝媚发出的娇喘和男人喘息的声音，让她感觉羞耻，又心神恍惚。

真的可恶。安宁不明白怎么会有蓝媚这样的朋友。这个女人人如其名，除了一脸媚相，她什么都没有，就是有男人。有个名正言顺的医生男友林蓦然，她却嫌弃他默默无闻，没有取得显赫的地位和名望，且以他对她的体谅为幌子，常常在外以业务为名沾惹那些已婚的公司老总。不但如此，还要拉上李安宁这个标准的良家女子为她打掩护。

这是一个周末，林蓦然来的时候，蓝媚已经跟那个40多岁的男人走了。安宁正在准备午饭，林蓦然很随意地走过来帮她剥葱剥蒜，他笨手笨脚的样子让安宁想笑。他也附和着笑了，他的笑像个小男孩，有点羞涩，甚至有点腼腆，脸是苍白的，像川端康成的小说，总之，是让人心疼的。

安宁的心动了一下，她想，这样的男人，真是被蓝媚糟蹋了。

记得有次安宁看见一辆宝马送蓝媚回来，她下车隔着玻璃对里面的人抛媚眼。她双手叉腰、脸颊微微扬起的姿势一直烙在安宁心中，许久以后她回想起来仍觉得蓝媚无论正襟危坐还是洗尽铅华，都抹杀不了骨子里轻薄的气息。

这种气息，是安宁一辈子都学不来的。

所以，当蓝媚说："你能干，你赚钱多，也不过是一个寂寞的女强人。"安宁被她说得脸上一阵红一阵白的，28 岁还在单身，辛苦在职场打拼，从来没有花过男人的钱。这几年除了工作就是工作。

蓝媚骂她是对的，一个女人太要强了，会把男人吓跑的，何况是一个漂亮女人？不是没有爱过人，大学时暗恋的学长罗逸，居然调到同栋大厦另一家公司做副总。他过度的关心和昭然若揭的暗示，她不是没有感觉。但她是个公私分明的人，坚决不搞办公室恋情，更何况罗逸现在已经结婚了。

2

安宁不想再做寂寞的女人，所以周末罗逸打来电话约她吃饭，她犹豫了一下，还是答应了。反正时间总是用来"过的"，与其一个人消磨，不如让人陪着打发。罗逸领她去吃日本菜，其中有一碟生鱼片让她很感兴趣，他便夹起一块，慢慢涂上作料，再递给她。安宁接过的时候，他顺势碰了碰她的手。安宁的眼角不经意瞥到他指甲缝里居然不那么干净，她不由自主地笑了。

这一笑竟让罗逸误会了，他像受到了鼓励一样开始打开了话匣子，从公司管理扯到他的家庭，说他的妻子如何地蛮不讲理，如何不能理解他。安宁默不作声，她仔细打量了一下罗逸，发现他里面穿了件深色的毛衫，居然在领口处拖出一截线头。

这是个颓废的中年男人，他的妻子确实不是个贤良的女子，但，既然如此多抱怨，何不化为离婚的力量？显然，他这样的男人已经没有了折腾的本钱，不想离婚，但还想从另一个女子身上拽住青春的尾巴。

忽然地，安宁心生厌烦。她知道青春岁月曾经的一场暗恋，已经无疾而终了。她站起身借口去卫生间，从后门落荒而逃。

3

罗逸再打来电话，安宁毫不犹豫地挂断。那天，安宁洗澡的时候把手机放到了客厅，罗逸再打来电话就被蓝媚接了，等安宁出来的时候，蓝媚已经很娴熟地向对方兜售起保险了。安宁笑笑没有放在心上，没想到两天后她下班回家，就看到罗逸开着公司配的本田来接蓝媚。

看到安宁，罗逸好像从来不认识她一样。倒是安宁有些尴尬，好像做了亏心事的人是她一样，急急上楼。

蓝媚回来的时候，嬉嬉说道：“反正你又不要，他答应我买一单保险。”一个月后，罗逸签单，蓝媚随即甩开他，搭上一个房地产开发商。林蓦然终于遇见了蓝媚与一个可以做她父亲年龄的男人吻别的情形。他把脸扭过去，昂着头从容不迫地离开，安宁却看到了他微红的眼圈。

第二天，蓝媚搬走，她是去给那个老总做情人。她幽幽地对安宁说：

"女人的好时光是有限的，我要利用它得到我想要的，希望你也能找个爱你的男人。"

4

周末的时候，罗逸又开始打安宁电话。这次安宁学乖了，索性关了手机。下午开始睡觉，一直到门铃声响起，她对着猫眼看，居然是醉醺醺的罗逸。

安宁隔着门告诉他蓝媚不在，罗逸赖着脸说："安宁，让我进去坐一会。"

安宁没有打开门，她不想再惹是非。罗逸依旧按门铃，他哀求起来："安宁，我想见你。"暧昧的语气让她心中愈发厌恶，她不再搭理他，蒙上被子睡觉。

许久，她听见罗逸骂骂咧咧离去。

让安宁不可思议的是，第二天早上，罗逸被一个身材臃肿的女人押着找上门来，那个女人是他的老婆。安宁以为是蓝媚回来拿遗留的衣服，光着脚去开门，就被她拿手戳到脸上："李安宁，罗逸昨天是不是在你这儿过夜？"

安宁的脑袋炸开了，她还没反应过来，就被女人抓住衣领："不要演戏了，罗逸刚才都承认了，昨晚和你在一起……"

安宁感觉一口气堵在心口，她气得浑身发抖。罗逸苦着脸小声说："真对不起，她硬要我招出一个女人来……"安宁转身进门，却被他的老婆一把抓住，就势向下一推。她只觉得脚下一空，整个人向后仰去，顺着楼道滚了下去，慌乱中抓住了扶手停下，只觉得脚踝处传来钻心的疼。

那个女人再一次扑过来，她抡起了巴掌。就在这时，安宁看到了林蓦然，他从下面蹿上来，对着罗逸的老婆迎面一推，那女人一屁股坐到了地上。

安宁松了口气，没想到居然是林蓦然救了她。原本缩在一边的罗逸冲上来抱住自己的老婆喝问林蓦然："你是谁，竟敢打我老婆？"安宁又好气又好笑："你们夫妻要表演花枪，请回自己家去。"

罗逸的老婆还是不甘心地追问："你昨天是不是和罗逸在一起？"这时候，安宁听到林蓦然淡淡地说了一句："安宁昨天夜晚和我在一起，关你什么事？"

罗逸夫妇灰溜溜地走了。安宁愣在那儿，不知道是脚踝处流出的鲜血提醒了她疼痛，还是因为委屈，或者是对林蓦然的感激，她哭了。眼泪流出来，哗哗落了一地。

5

林蓦然带着安宁去医院拍片子，上药，送她回家，整个过程他都扶着她。她第一次离他这样近，发现这个平时有点冷淡的男子，居然有这般不经意的温情。

下午，林蓦然又来为安宁换药。他的一张脸是沉静的，似乎波澜不兴。他的手指熨帖、微凉，离她的肌肤只有一寸的距离。她稍微倾斜一下抱住了他，他浑身震撼了一下。她说："你昨天怎么和我在一起了？"

欲望像涨满的潮水，带着他们偏离的魂魄沉沉浮浮……

激情过后，当他的唇轻吻着她的肩时，安宁开始企图给自己找一个比较适合的理由了。然后她沉默下来，这突然的开始让人有点猝不及防，却又那么意乱情迷。她想起有次在网上看到一个关于37度男人的话题，她忽然发现，林蓦然正是这种类型的男人，他固然没有在事业上登上顶峰，却不失上进，脾气好却不窝囊。这样的男人固然淡漠，不是完美情人的料，但和他在一起有种贴近体温的感觉，适合做老公。她不想再做寂寞女强人，无论如何，也要抓一个男人在身边！

她忽然害怕再没有机会见到他。她问他："什么样的人适合你呢？"他看着她微笑，安宁低下头："你看我适合吗？"

她没有抬头，一鼓气说下去："我有大学文凭，长得也不难看，有工作能力，有固定收入，没有坏脾气，愿意做家务，我们可以试着开始。"

林蓦然慢慢回过神，他憋着笑，小声问："我可是蓝媚的前男友。"

安宁侧脸看着窗外，夕阳无比灿烂，狠狠刺痛了她的眼睛。她微微眯上眼："你不是蓝媚的前男友，也会是红媚白媚什么的前男友，这有什么关系呢？我觉得自己已经喜欢上你了。"

林蓦然依然站在门口，两个人都没有再说话，静静看着对方。

夜色渐浓，林蓦然拉开门，离开前，他说："我明天过来，你喜欢什么花，百合怎么样？"

安宁点头，然后，他轻轻离开了。良久，她靠在沙发上，慢慢想着，一个男人，不需要太优秀，太有钱，只要他懂得温情，经得起品味。

亲爱的自己

不要抓住回忆不放

断了线的风筝，只能让它飞，放过它

更是放过自己

亲爱的自己

你必须找到除了爱情之外

能够使你用双脚坚强站在大地上的东西

亲爱的自己

你要自信甚至是自恋一点

时刻提醒自己值得拥有最好的一切

憔悴十年后的幸福彼岸

1

城的唇覆过来，我忐忑无措地呆立着，午夜的空气中有微甜的味道，他伸手扳过我的肩头，我在意识欲罢不能的挣扎中抬头，三楼属于小麦的房间灯火早已熄灭。

城的面孔是如此清朗，目光满含痛惜，他的呼吸有种好闻的淡淡烟草味道。一种最原始的感觉油然而生，我索性闭了眼睛任由他侵肆，两副牙齿碰撞在一起，发出幸福的声音，彼此的嘴唇开始慢慢湿润。

砰的一声，一个花盆从空中坠落到地上，这巨大的声音让我在城的怀抱里骤然醒悟。我推开他，我说："谢谢你今天请我吃饭，也谢谢你送我回家，但，我们之间不可能有爱情的。"

转身跑进楼洞，在奔跑的瞬间，我听见自己骨头里锋利的倔强和灵魂里冷漠无助的声音。

惶惶然进门开灯。小麦的背朝向我，肩头微微搐动着。我轻轻叹口气，走过去搂着她："小麦，对不起，但我已经27岁了。"

她睁开眼睛："小乔，你忘记两年前的那个夜晚吗？"她继续逼视着我的眼睛，"你爱了六年的男人都不可信任，你忘记自己说过永远不相信男人，不需要爱情吗？"

我的心再一次跌入深渊，目光触及小麦身下的轮椅和她被病魔和心魔折磨得毫无血色的脸，沉静了许久的往事像尚未痊愈的疮疤一样被揭开，那些灰暗的过往再一次翻涌而出，我重重瘫坐在沙发里……

2

18岁那年，我和孪生妹妹小麦在一个阴天带着一把伞去夜市，途中隔着远远的距离瞥见高中暗恋的男生彦。小麦笑着提前离开，把伞留给了我。一个月后我和彦成了恋人，而小麦在回家的途中遭遇到大雨病倒了，并时常心慌昏倒。医院确诊为风湿性心脏病。她变得脾气暴躁，极度古怪，我为此深感愧疚。

20岁那年，父母协议离婚，他们都去了很远的地方各自成家，彻底丢弃我们。小麦受不了这样的打击，在一次昏倒中瘫痪，开始了坐轮椅的生涯。而我，把所有错误归结到自己身上。为了弥补这些缺失，我拼命工作，赚取佣金换得能给予小麦的一切，给她买许多书、光碟、电脑、漂亮衣服，尽量让她禁锢在屋子里的生活变得多姿多彩。

我们在苦难中相慰相依，相亲相爱，这些成了我的精神支撑。更重要的是我爱的那个男人彦，他自始至终都在身边，我感觉生命在父母都离去后还有至重的光华。小麦的情绪渐渐平复，她甚至常常打趣着问我将来和彦生几个孩子。

我以为日子已经重新开始，命运终于再次给予我眷顾。

3

24 岁那年的一个晚上，我和彦商量着结婚的日程和婚纱的样式。小麦也很开心，我们围坐在一起吃饭，很温馨幸福的味道。彦问我，婚后小麦住在什么地方。

我沉吟了一会儿说，她还住在这里，但是我会常常回来看她。

当时曾经一恍，我看见小麦愣了一下，既而很快恢复常态。她开始和我们一起喝红酒，在很多很多的红酒中我迷糊着睡着了。

半夜醒来，我从客厅的沙发爬起，揉着涨痛的头，第一个念头是去小麦的房间看她怎么样了。

推开门后的一幕触目惊心，让我终身痛苦难忘。小麦正赤裸着身体流着眼泪反抗着，她被堵住的嘴正发着“呜呜”的声音。而堵住她的嘴趴在她身上的男人是彦，是我倾注了全部爱情并准备一生相依的彦，洁白的床单上一抹殷红狠狠刺痛了我的眼。

我呆呆怔立了半晌，终于反应了过来。我把彦拽起来，用力抽他的脸，我说：“你滚，我恨你，我永远都不要再见到你。”

彦还想辩解，我狠狠地用脚踹他，把他赶出去重重把门关上。

如果说父母的离去让我感觉爱情是如此地凉薄，彦的背叛和伤害无疑是更加致命的打击。从此我痛恨男人，永远不再相信所谓的爱情。

4

我和小麦迅速离开了属于彦的那个北方城市，到了一个四季温暖如春的南方城市继续生活着。我依然拼命工作，她对着电脑度过每一个孤单冷凄的日子，偶尔我也哄着她像模像样地网恋一番，只有这个时候她才略现快乐的一面。

3年的时间我换了几次工作，不外乎是遇到追求的男人，可那个夜晚的噩梦像疯狂滋长的藤蔓，盘绕在我的周围，我对男人早已失去了暧昧的表情。

后来我去了一家工艺作坊做监工兼财务，工作不累，还可以拿不菲的双倍工资。

作坊的老板是城，依然是一个年轻俊朗的男人，未婚，他给人的感觉是平稳踏实。他向我示意："小乔，你愿意在管账的时候顺带把我也管着吗？"

我黯然转过脸当什么也没听见。他给我买最远处的煎饼早餐；感冒的时候咳嗽一声，几分钟后就能在桌子上看到药；每次加晚班回家的时候，都能感觉他跟在身后不远处的气息……他的好我不是看不见，可是我的爱情在两年前的那个夜晚推门的瞬间，早已荡然无存了。还有小麦，小麦才是我最关心的。

小麦的情绪还是会反常，她会因为网络上聊了很久的人消失不见而没有由来地痛哭和咆哮，甚至在噩梦中昏倒。醒来后她会抓紧我的手臂，像筛糠似的抖动着问我："姐姐，你会一直和我在一起吗？"

她的眼睛里满是恐惧和哀伤，我的心再次像针扎般疼痛，她叫我姐姐，她只有在极度痛苦的时候叫我姐姐。我紧紧搂住她，我说："小麦，你放心，男人都是不可靠的，爱情都是骗人的幌子，我会永远照顾你，永远只和你在一起。"

看着她昏昏然睡去，美丽苍白的脸上还有残留的泪珠，我可怜的妹妹，命运待她如此不公，医生说，如果她再受刺激，可能永远不会再醒来。

5

我依旧鼓励小麦不停地在网上交朋友。因为和很多人聊天的时候，她会很欢快地叫起来。我鼓励她网恋，但千万不能见面。

但小麦的病终于彻底发作了，在她很认真的一次网恋失败后。我把她送到医院里紧急抢救，我心急火燎地到银行里取钱，却在出门的时候被车撞倒了，在疼痛袭来的最后瞬间我拨通了城的电话。

小麦虚弱地醒来的时候，看到我和她并排躺在两张病床上，城正端着他亲手炖的清汤走进来。他说："小乔、小麦，你们都不要担心，一切有我在。"他很自然地收拾好脏衣服拿出去洗，样子很娴熟，像极了一个多年做家务的居家男人。

城买来鲜花、水果，病房里弥漫着久违了多年的温暖。我看见小麦的神情很复杂地转换着，最终什么都没有说，和我一起默默享受着城的照料。

小麦在 3 天后还是离去了，医生说她的心脏在多年的病痛中已经衰竭。

她在最后的时刻和我说了一件事。她说："姐姐，我欺骗了你一件事，3年前，是我在彦醉酒后引诱了他。他其实是爱你的，但是我怕你和他结婚后离开我，再也没有人照顾我了，所以我骗了你，让你离开了他。并不是所有男人都是骗人的，比如城，我能感觉到他是个好男人。姐姐，我不奢望你原谅我，只希望你能好好珍惜和城的爱情。”

6

我和城在半年后结婚。我常常会想起小麦，她当初的欺骗和自私让我一度蒙蔽在自己编织的囚笼里，不相信男人和爱情，一度剥夺青春应该有的欢乐。她最后的告知虽然让我释怀，但偶然想起时，仍多少有点委屈和恨意。

很快我有了城的孩子，挺着大大的肚子独自在超市里购买婴儿装的时候，我碰见了彦，他出差到这里住附近的宾馆。事隔多年，我把一切归结为恍如一梦，毕竟小麦也有责任，我对他说我已经不怪他了。

没想到彦对我说：“小乔，当年是我对不起你们。小麦苦苦哀求着，我还是醉迷心窍伤害了她……”

我呆住了，像被钉住了心脏的木桩一般，身体不能动弹，后面他说的什么都没有听见，我慢慢离开。我终于明白，小麦她始终是爱我的，当初确实是彦伤害了她。我们笼罩在这个噩梦的阴影里不得安生，可是遇到城后，她为了让我快乐幸福，编了一个自己引诱彦的谎言，而让我以恨她的方式来再次相信爱情，对幸福产生新的向往。

在那个下午，空气依然有甜甜的味道。我站在大街上抚着隆起的腹部旁若无人地泪流满面，从18岁小麦病倒开始，那牵扯了我十年的憔悴不安，终于在明了一个善意的谎言真相的今天，瓦解偃息。关于彦，关于小麦，关于城和我，爱和慈悲才是最伟大的力量，我想，幸福，终于不再是彼岸。

守望阿诺园

1

第一次见到可娜，我正拿着一万盾（越南货币名称）对商贩的越南语一筹莫展，一个长发明眸的女子就这样不失时机地出现了。在河内的甘吃街，她推着印有“Bun Bo Hue”字样的小食车显得如此地与众不同，并且她居然会说流利的汉语。她转换着中越语言，迅速帮我买好了木瓜和菠萝，然后看了看天空中已经慢慢西垂的落阳，冲我微笑了一下转身离去。她有着越南女人的消瘦，兼带着中国女性传统的温柔之色，笑容中有种惹人爱怜的忧郁。我忍不住叫住她：“你能帮我找家可靠的家庭旅馆吗？”她迟疑了一下：“你愿意住在一个脾气古怪的妇人家里吗？她眼睛看不见了，但你只要付一点钱就行了。”她大约觉得像我这样的中国青年徒步旅行，钱包也一定不会太鼓，我立刻像捡了个大便宜似的点头说好。城市两边有繁复华丽的法国浮雕，到处都是摩托车呼啸而过。我坐在她卖空了水果的三轮车上，大约行进了半个小时，进入一个依山傍河的小镇。可娜忽然扭头问我："如果我告诉你那个脾气古怪的妇人是我母亲，你会不会觉得我是拉游客赚钱的？"我轻笑："你无偿帮助中国游人，我看得出你是个好女孩。"她欣慰地笑了，对着镇口的寺院双手合十，喃喃说："菩萨做证，可娜可是个好人。"

2

杏黄色墙面的黯旧房子在小镇是很常见的，不同的是院子里被一道浅浅篱笆一分为二，篱笆上的小木牌有三个中文字体：阿诺园。园里数棵热带果树，树上挂着菠罗蜜、杧果等成熟果实，枝叶浓密茂盛，树下有大片花朵开得如火如荼。一个有着美丽轮廓的中年女人孤独地坐在树下修剪香蕉，岁月在她的脸上印下痕迹，也留下无限温情，她看起来沉静而柔顺。

我踩着厚厚落叶走过去向她问好，她仰起脸喃喃说："你的声音真像阿诺。"她讲的是地道的中国话，褐色的眼珠有一层薄雾，薄雾上有泪珠涌出。

可娜在旁边轻轻说："阿诺是我的父亲，母亲等了他一辈子，所有说中国话的男人在她听来都像阿诺。"这是个有故事的人家，我想，但很快食物的清香占据了大脑。辛辣的牛肉米粉、黑糯米、椰奶。虾居然还能和甘蔗放在一起，将配了材料的虾胶裹在去了皮的甘蔗外围，放在炭火上烤。蘸鱼露或椒盐吃，也可以不蘸任何调料直接食用，甘蔗干萎后，甜味渗入虾肉，食来满口甘甜。

我口水横流，贪婪的吃相和啧啧的咀嚼声让母女俩微微发笑。妇人轻叹：“当年阿诺最喜欢吃的就是甘蔗虾了。”

我的心里再次震动了一下，究竟是怎么样的一个中国男人，居然让这个越南妇人如此痴恋。

妇人大约信佛教，各个房间简单而洁净，但都摆着菩萨、供着香炉，烟雾缭绕。偶尔有摩托车、动物和孩子经过的声音，潮湿的空气中有植物的清香味道，让人很容易酣然入梦。半夜隔壁传来妇人痛哭的声音，接着是可娜的细声安慰。而后脚步声经过，可娜端来白色瓷盘，内盛切好的木瓜呈妩媚的粉色，入口爽脆香甜。

她轻声道歉，因思念父亲，母亲很多年都是这样了。也许是因为我眼神里的关心和好感，她给我讲起了母亲和阿诺的故事。

3

下龙湾的水上风情为这个美丽的爱情故事造就了浪漫色彩。这个叫金银花的妇人彼时是一个美丽的涉江少女，而阿诺这个在码头做搬运的中国年轻男子，在一次赛龙舟的时候救了落水的她。

一场贫困和富裕家庭之间的婚姻冲突便开始了。爱情是激烈而美好的，世俗家庭的阻挡是阻挡不了的，金银花带着简单的行李搬到了阿诺的旧租屋。为了给爱的人一个坚实的港湾，阿诺决定随一家船运公司远涉重洋赚取不菲的佣金，金银花挪动着怀孕的身体为他送行。

泪眼惜别中，她承诺，一定好好把孩子生下来，等着他回来。他也承诺，一定会回来风风光光地娶她。

为了这个承诺，她在周遭的秽语污言中，独自把女儿生了下来。当时中越关系极度恶化，她在可娜出生的第三天就被剃光了头发游街，而后被投入监狱关了3年。

从监狱回来后，她从哥哥家领回了孩子。她没有再婚，她相信他会回来找她，她每天都坐在他为她种植的阿诺园里。在期望中，阿诺园的果树开了花，结了果，她不再接受家人的救济，靠卖水果生存。果树长得参天高大，她也在等待中度过了25年。

对于生活在这里的可娜母女来说，她们从没有脱离过贫困，但和自然相融相近，信奉佛教，守望着阿诺园，保存着对爱情的信仰，简单而原始地快乐着。

这一刻，我爱上这个小镇，爱上这个妇人，爱上可娜，因这简朴，因这自然的纯净。我想，那个阿诺也许在战火和岁月流离中早就不复生存了，但或者我可以完成这个爱情的续延。

妇人的身体越来越差，依旧常常在半夜醒来叫着阿诺，我知道菩萨留她的时间肯定不会多了。春节的前一天，我拉着可娜到了镇上的邮局，天空中有微凉的空气，从薄薄毛衫流进来的却有阵阵暖意，那天我们回来得很晚。

4

当新年的爆竹响起的时候，可娜在门口的信箱处高声喊叫着：“妈妈，有你的信！”她高高举起一封信，在进门的时候和我心照不宣地相视一笑。

信被拆开了，一张邮局的道歉函和一封发黄的从中国福建发出的信封轻轻滑落。道歉函的大意是：“我们在整理档案的时候发现了一封遗漏的、20年前由中国寄给你的信，特表示歉意。”

妇人小心翼翼地抚摩着，原本虚弱的身体因为激动而颤抖着，失明的双眼流着泪水喃喃说：“一定是阿诺，一定是的。”可娜看了我一眼，我还给她一个鼓励的目光。她抽出信轻轻念起来：“亲爱的金银花，我们三年零两个月没见面了，我无时无刻不在想念你，想念我们的孩子，想念下龙湾的划船。我在家乡找到了工作，我要努力赚钱买个大房子，在院子里种满鲜花和果树，局势缓和后立刻去接你。这封信将带去我的爱，请你相信我永远爱你，愿菩萨保佑你和我们的孩子，我们一定会团聚的。爱你的阿诺。”

院子里一片寂静，阿诺在信里复活了，他对她的思念和爱恋让这个蒙受了苦难的女人再次感受到巨大的幸福。她接过信封捧在胸前，大声喊道：“阿诺，25年了，我天天在想念着你啊。”泪水滚落下来，她的双眼也开始变得清澈，脸色变得红润。她轻吻我和可娜的额头：“谢谢你，孩子，这是我新年最好的礼物。”

禁不住这感人至深的一幕，我扭转头努力噙着泪水不让它掉下。可娜紧紧握住我的手，她的睫毛上也沾着露珠一样的泪水：“罗晨，你可以吻我一下吗？”

我的脸有点发烫，抬起头来迎向可娜。她的嘴唇轻轻覆盖下来，轻得如同雪花飘落在地上，悄无声息地融化了。

3天后，妇人在微笑中离去了。可娜的舅舅过来参加了她的丧礼，他从妇人的衣袋里掏出了那封阿诺的来信：“孩子，也许你不知道，阿诺没有上过学，他根本不会写信。”

我和可娜惊呆了，原来妇人一直知道阿诺不可能给她写信，可她到死都没有说出来。她也许早就盼望得到一个圆满的结局，现在她得到了，所以才会走得如此安详。

5

我爱这小镇，爱这结满果实的阿诺园，在母亲到来之前，我还沉浸在这简单的快乐气息里。在镇口可娜的水果摊前，一双被高档化妆品保养过的纤纤细手抓起一个菠萝，她说：“罗晨，我终于找到你了。”

我抬头看去，是杜明珠，牵制我后半生的城市贵族女子，她的身后是一样华服裹身、怒气冲天的母亲。我的头嗡嗡作响，大约是因为新年的那个问候的电话，她们终于再次降临在我的面前。

母亲看了看可娜：“阿晨，快跟我回去吧，你和明珠的婚期已经到了。”可娜转头看着我，她的眼睛里满是诧异和悲伤。我心里仅存的侥幸和快乐顷刻间倒塌下来，我知道我不想失去她和即将失去她了。

可娜掉转头离去。我呆呆站立着，我不知道该如何向她解释，我不是一个旅行者，我是一个曾经辉煌和即将没落的商业公司老总的儿子。如果我不是因为来旅行逃避没有爱情的婚姻，不是因为遇见了她，大约我现在应该和眼前跟母亲一起的、这个没有任何感情基础的锦衣女子称夫道妻，然后用她父亲的权力去挽救我父亲的窘况。

我站立很久，然后笑了起来。我对母亲说：“妈妈，你们跟我来，我要带你们去一个地方。”

我要带她们去阿诺园，给她们讲金银花的故事。我相信母亲是爱我的，杜明珠也能明白用权势换来的婚姻不会幸福。不管结果如何，我希望她们会宽容我和可娜真实的快乐。

如果真的不行，我宁愿不要城市里的商业朱门，永远和可娜一起守候在阿诺园的爱情寒门里。我虔诚期盼着所有的幸福都能美满，我和可娜的，我的父亲、母亲的，还有明珠的，她只要一样守望着，是会遇见一个相爱的人的。

淘宝爱情

1

男友是个爱面子的人，他常说“佛要金装，人要衣装”，所以，我们每个月的工资，差不多都贡献给了商场。

刚毕业那阵，我放弃父母在家乡安排的工作，千里迢迢追随着他，在他的家乡找了份工资少得可怜、加班加到头脑发昏的私企上班，这一切源于爱情。开始时，男友为此感动得无以复加。我们一直租房住，时间长了，因为无钱买房而对将来生活的担忧，因为物价上涨产生的恐慌，因为各自工作环境不同产生的距离，加上男女惯性的审美疲劳，我感觉我们之间开始渐行渐远，感情有些微妙地在悄悄变化着。

可是，我付出了那么多来坚守的爱情，如何轻言放弃？对于他的晚归，衣服上的香水味，还有深夜的短信，我置若罔闻。并且常常要迎合他的需要，和他一起拉着手去商场狂购本季新款，然后拎着大包小包，充作甜蜜状。

男友生日前告诉我他想要一套阿玛尼的休闲装，第二天我拉着同事小白一起去商场的柜台，一看不由得咋舌：居然是我两个月的工资。看着我的表情，有着“新新人类”之称的小白给我支招：你开通支付宝，在淘宝网站上花很便宜价格就能买的。

在小白的指导下，我开通网银和支付宝，在淘宝上花了 800 元就拍下了那套衣服。掌柜“爱在大洋彼岸”是一个很风趣幽默的男人，之所以选择他家，不仅仅是因为他的店铺还有很多类型的男士用品，还因为他所在的城市是我的家乡，对此我倍感亲切。

“爱在大洋彼岸”事先告诉我，他所有的名牌服饰都是高仿，也就是 A 货。等货发到后，我发现这套 A 货和商场柜台里陈列的，无论是做工还是质料都没什么区别，或者商场卖的也是 A 货呢。

男友收到礼物后，并没有问我哪来那么多钱购买。他高兴地抱着我转了三圈说：“亲爱的，你真好，单位很多同事都觉得这套衣服贵不舍得买呢！”

男友的话让我觉得有些心酸，但却不愿意多想，不愿去打破这种明知的悲凉。

2

男友工作越来越繁忙，偶尔打来电话也是让我帮他买衣服和男士日用品。

五一假期，男友单位组织旅游，却不让带家属。他临走的时候说他的手机过时了，还说有个同事穿的球衣是他所喜欢的球星的最爱，他也想要一件，于是我又一个人形单影只地待在家里，泡在淘宝网上。

“爱在大洋彼岸”的店铺早已被我收藏了，恰好他新进了一款诺基亚手机，价格是市场价的2/3，但依然要2000多元。闲得快要长霉的我开始了和他有一搭没一搭地聊侃。

我：“掌柜的，这个手机的最大优点是什么？”

他：“可以打电话。”

我：“那有什么缺点呢？”

他：“不能剃须！”

我极度抓狂中，他忽然又来了一句：“所以你顺便买一把剃须刀吧。新进200把，还没开张呢，你要的话给你免快递费。”

原来这家伙想推荐他的新产品，我哭笑不得，半天无语，我忽然产生了研究他的念头。

我一边查看他的资料，一边问：“相片是你的吗？还真帅！”

他：“不好意思，不还价的！”

我再次哭笑不得。继续翻阅他的男士T恤，发现居然有那款男友说的球衣，但是价格比我想象的要贵。

我：“这么贵的衣服，我还不如买几棵白菜实惠。”

半晌，他回话：“也对，我想象你穿着白菜叶拼凑的衣服，一出门立刻被狗仔队包围，还被警察抓进疯人院的情景。”

我当场晕倒，气得一天都没和他说话。

3

第二天，我在淘宝上到处转，搜索了几十个店铺。虽然同款的衣物和手机到处都有，可是有些卖家一接触，立刻言辞凿凿地承诺自己的商品要多好有多好，反倒让我觉得有些悬乎。网上购物本来就不保险，还是需要擦亮眼睛。根据我的火眼金睛观测，“爱在大洋彼岸”还是一个比较可靠的卖家，并且他的店铺里品种齐全，不仅仅有各种男士用品，还涉及数码产品。

到了晚上，我又返回他的店铺，并且准备买下那款诺基亚手机和那款橘黄色球衣。关于球衣，我和他又有了对话。

我：“掌柜，这件衣服穿着会显得皮肤白吗？”

他：“橘黄色的一般都会很衬肤色。”

我：“我已经买的好几件黄色都不行，男朋友皮肤有些黑，他都抱怨不好看。”

他：“哦。”

我：“你推荐我应该买什么。”

他：“漂白粉。”

我再次抓狂，并且在电脑前呆滞五分钟后，才提议：“朋友，买了你这么多商品，你就包邮吧！”

他：“咬牙中……”

我：“汗！咬下来了吗？”

他：“没有，包邮我就赔钱了。”

我：“那你再使劲咬咬啊。”

我忽然觉得这个掌柜太有意思了，我决定和他杠上了。想到我一个人在家还不如回老家看望一下父母，顺便直接去拿货还省时省邮费。

我:“见面交易行吗？”

他:“呵呵，抱歉，不行哦，我们只接受邮购。”

我:“您说个地方，我去拿。”

他:“当面交易确实不方便呢。”

我:“您可以蒙面，或我蒙面。”

这次轮到他无语了，半晌，他说:“网上男女之间别玩这样的游戏。我可是有女朋友的。”

我笑了:“难不成我会看上你？我也是有男朋友的。”

他:“你是寂寞的，哪有热恋的女人整天泡在网上的？”

真是一语中的，我有些不服气地说:“你不也整天泡在网上吗？”

他:“我是为了爱情，女朋友在英国读研需要很多费用的。”

原来，他和我一样，是为了爱情才上的淘宝。相似的机遇让我对他更多了同病相怜的惺惺相惜。

4

不买东西的时候，我也会和“爱在大洋彼岸”聊聊，知道了他的基本情况。原本他在一家单位上班，因为工资微薄，无法供奉女友的学费，一咬牙就辞职开了淘宝店铺，货物都来源于几个在深圳和香港制衣厂的朋友。

由于我的假期只有三天，一大早我急急去上班，却发生了一件意外。在电梯里遇见一个秃顶的中年男人，他仗着电梯没别人居然把手搭到我的腰上。我二话没说，脱下高跟鞋就砸到他的脑袋上，可没想到的是，此人是老板刚从韩国旅游回来的哥哥。

结果自然是，我的工作没了，立刻被这苛刻的小私企给扫地出门。

男友回程的前一晚，我抑制不住打了电话告诉他这件事。电话半天才接通，他有些心不在焉地说了回程航班，却不让我接机。他的语气有些支吾，我忽然听到旁边有女人轻微的娇笑声。

我不动声色地挂断电话。第二天，我暗暗等在接机口，很快我就蒙了，我看到了男友，当然还不止他一个人，还有一个年轻的女孩。

我不知道自己是怎么回去的。难怪他最近形迹可疑，对我的态度越来越冷漠，原来是早有预谋啊。

晚上，他回来后，我把手机和衣服拿出来。他没有表现过多的惊喜，只是淡淡"哦"了一声，我终于忍不住爆发了："白天跟你在一起的那个女孩是谁？"他见抵赖不过，索性跟我摊牌，说他爱上了别人。

他说："我们已经不是一路人了，我有体面工作，而你连工作都没有。"

我说："可是我很爱你，我为了给你买喜欢的衣服，可以花光我所有的钱。"

他不屑地说："别以为我不知道，都是从淘宝上买的假货。有件衣服的标签被我同事看到了，大家都嘲笑我，你还以为很光荣！"

他干脆撕破脸皮，把我从淘宝上给他买的所有东西都扔到我面前，让我从这个房子里搬出去。

5

丢了工作，又失恋，我只好回到家乡。拎着大包小包的衣物，下了火车后，我又觉得这个样子出现在父母面前肯定会让他们担心。可是我身上连租间廉价房子的钱都没有。

想了想，我决定去投奔一个闺密，好在闺密念及旧情义不容辞收留了我。可总不能终日寄居别人家啊，看着身边那堆还算很新的衣物，我对着电脑上的“爱在大洋彼岸”说：“收不收二手衣服？都是从你那儿买的。”

半晌，他问我：“你怎么回事？”

我多日的委屈终于找到宣泄口，我说：“我失恋了！”

我把我当下的情况详细告诉他，并且说明，只要他肯回收那些二手货，多便宜都可以，并且邮费还省了，因为我就在这个城市，可以直接送货上门。

这次他没有再推却，立刻答应了。

当天下午，我拎着所有的衣物见到了他。他和照片上一样地帅气，只是精神有些憔悴，大约是在网上泡的时间太长了。我说：“嗨。”他也说：“嗨。没想到你还是个美女呢。”

然后，我们都笑了。

他说：“这些衣服已经不值钱了，反正你也没住的地方，也没工作了。正好我家有空的房子，这些衣服就抵房租吧。我的淘宝店铺最近生意太好了，正好准备找个人帮忙，要不就你吧。”

我假装委屈地答应了，其实心里一千一万个愿意。

晚上，他请我吃饭，我们顺便喝了点酒。结果酒后吐真言，原来他的外国研究生女朋友刚跟他分手，他正处于情感郁闷期。

我低下头偷笑，这样的暗示，我怎会不明白？不过女孩子嘛，要学会矜持，我决定装傻，一直等到他说：“不如，你做我女朋友吧！”

青春是一曲忧伤的爱尔兰音乐

1

认识周星星那年，我只有 15 岁。

他从外地转学和我同桌，他喜欢穿白色的 T 恤，高高瘦瘦，整天吊儿郎当的样子，但很聪明，学习很好。肥胖的历史老师被人在背后贴了纸条，他和前面的差生一起挤眉弄眼、嬉嬉发笑，这让我很鄙夷他，从来都不主动和他说话。

一次春游的时候，坐在大巴车上的我，由于头天夜晚受了风寒，肠胃一直很不舒服，忍不住放了一个屁。声音不大，但是坐在我旁边的周星星还是听到了，我看到他的嘴角有意无意地牵动着嘲笑了一下。这让我羞愧不已，更恐怖的是这个不合时宜的屁还带着很大的臭味，坐在我们前后的同学立刻纷纷谴责起来：“是谁这么恶心呀？”

大家寻觅着臭味把目光瞄了过来。我更加窘迫起来，恨不得找个缝钻进去。这时周星星开口了，他满不在乎地站起来说：“是我。”然后依旧痞痞地说，谁不吃喝拉撒，有什么好议论的。几位娇气的女同学鄙夷地骂他，我暗暗松了口气，抬头偷眼看他，他却转过头看着窗外，我心里忽然觉得他不是那么讨厌了。

第二天我红着脸第一次主动和他说话。我开始喜欢偷偷观察他，他的眼睛很大，睫毛很长，他的手指修长，写的字很有力度。后来，看到他扭头看我，和我说话，我居然会心跳，会脸红。

青春，真是奇怪的时期，会让我们产生莫名其妙的情绪，比如忧伤。这种傻傻的、淡淡的、痴痴的喜欢，青涩而害羞，无处诉说的甜蜜和苦涩，就是初恋的味道！

有时候，我会在他偷跑出去打游戏机的时候帮他抄好笔记，他也会顺路买一包板栗酬谢我。有一次，他的手挨着我的手时，我忍不住颤抖了一下，我们都脸红了。那天夜晚，回去后，我很兴奋，在日记上写了一句话：“今天，我很幸福。”

高考后的那天夜晚，周星星带我去了附近一家舞厅。那是我第一次去那种地方，里面正放着一首舒缓的音乐，虔诚的女声，与小提琴绞缠在一起，有点忧伤的旋律。昏暗的灯光下，他把头低下来，轻轻浅浅，吻了一下我的额头，他说：“我喜欢你，罗橙橙。”

分数出来后，我考上北京的一所大学，周星星却落榜了。我去找他，带了他喜欢的牛肉干和磁带。他正在家里开的餐馆后面洗碗，看了我一眼后又把头低下去。我蹲下来帮他洗，他却狠狠把一叠盘子摔到地上，碎片溅到我穿着凉鞋的脚上，一下子出血了。他赶紧抱住我，我哭着打他，说：“你忘记说过喜欢我吗？你是个骗子！”

我们抱在一起，哆嗦着接吻，甜甜涩涩的味道。我的心跳得厉害，那是我们的初吻，然后我们都定定地看着彼此，他说："罗橙橙，我们以后都不会见面的。"我拼命摇头，我说："我一辈子除了你谁都不会爱的。"

2

我去了北京，周星星当兵去了南方。我们相约，4年后，一定要在一起。

我们每周二的下午固定打电话，仿佛有说不完的话题，部队不允许探家，暑假的时候，我决定去看他。坐了30多个小时的火车，又转汽车和船，到了部队招待所的时候，我已经晕得一塌糊涂，吐了一地。他跑前跑后为我找药，为我准备热水和粥。我昏昏沉沉睡过去，他在旁边守了一夜。

每个假期我都会去看他，我们在附近的小岛钓鱼、游泳。我故意游到水深的地方，听到他在后面焦急地呼喊我的名字，心里有满满的温暖溢出来。

我是那么幸福，心里的快乐就好像一个膨胀的气球。

大三那年，父亲与人合伙做生意被骗，家里没有了供我继续读书的钱，我在电话里哭着告诉了他，并说准备退学打工。他急了，狠狠骂了我说："罗橙橙，你怎么那么不勇敢呢？我下个月就复员了，我准备在这儿找工作，以后我供你上学。"

一周后，周星星寄了300元给我，以后每月他都寄钱给我。半年后他来看了我一次，穿的衣服都很新。不过仔细看，都很过时，裤子的标签还没剪掉，挂在后面口袋旁。他说：“我找了一份在娱乐城做管理的工作。”

我已经20岁了，已经具备基本的判断能力了。一个月后，我坐了火车悄悄去了他工作的地方，居然看见他正在给一个艳俗的小姐拉车门，原来他所谓的工作居然是做保安。看到我后，他像做错了事的孩子一样耷拉着头。

我有些恨他。我说：“周星星，你怎么那么不争气，做这种低三下四的活儿！”他把脸转过去，半晌才说：“对不起，罗橙橙，都怪我没有本事，这个城市什么都要学历的，我只能找到这样的工作。”

晚上吃饭的时候，他的租屋里来了一位老乡，是一个摆地摊卖衣服的。他告诉我，周星星在部队原本是准备转士官的，但是为了筹钱给我上学而放弃，出来打工，为了省钱平时什么都不买，去看我的时候，就是从他那儿借的新衣服。

我听着听着，眼泪就流了下来。老乡走后，我拉着他，上气不接下气，我狠狠拽他的衣服……我拼命纠缠，后来，他终于忍不住，俯身下来……那种初尝爱欲的快乐，有点像口渴，有点焦灼，甚至，带着一丝贪婪。

然后，我们流着眼泪发誓，一生一世都不分离。亲爱的周星星，我是那么那么地爱你。

3

4年终于过去，我就要毕业了，学校推荐我到一家合资企业工作，我打电话把周星星也叫到了北京。我们住在廉价的地下室，一月房租还要500元，他找不到好工作，不得已只好又去做了保安。

那是我们最浪漫的日子，每天夜晚是没完没了的缠绵。我问他："你爱我，你会永远都爱我吗？"他说："爱，我会爱你到死。"

北京真是高消费的城市，不到月底我们就把钱花光了，有时候还要吃一周方便面。冬天到来时，地下室里阴冷潮湿，我的腿开始酸痛，周星星很愧疚。我满不在乎地笑着说："有句歌词不是说，两个人的寒冷靠在一起就是温暖吗？有爱情什么都不怕。"话是这样说，但我的心第一次有了酸酸寒寒的感觉。

第一次和周星星的矛盾是因我看上一枚戒指，商场做活动，需要1800元。他说："饭都吃不饱，何苦花那冤枉钱？"我被噎住，说不出话。是的，如果有钱，何苦连饭都吃不饱！

我们开始吵架，没有缘由地吵。我开始想，生活，光有爱情是不够的，难道我们一辈子就这样下去吗？

惆怅的时候遇见了林生。他是公司英国方面派来的执行副总，英籍华人，英俊高大。他约了我，我犹豫了一个下午，还是去了。

林生开着宝马带我去了26层的旋转餐厅，环境气氛是从来没有经历过的优雅，法国红酒的味道也足够醉人，加上林生深情的表白，真是一个浪漫的周末。那天夜晚回去后，我再次更加厌恶那个破落的地下室，和周星星破天荒地分头而睡。

人的欲望根源是从贪念开始的，我开始背着周星星和林生约会。不要怪我势利，换成谁，都不想过这样没有前途的日子。

一天晚上，我和林生逛专卖店的时候，遇见了下夜班的周星星。他在门外呆呆看着我，然后忧伤地转身走了。晚上回去后，他喝醉了酒，喃喃地叫着我的名字。我哭了，我说："周星星，你不要怪我，我只是不想后半生都没有房子住，天天挤公车，夏天被晒得中暑，穿廉价衣服，买瓶化妆品还需要紧缩半个月的生活费。”我说对不起。

我头也不回地搬走了自己的全部衣物，住到了林生的别墅。我以为，下一个头衔是林太太，但很多事情都不是自己想象的那样。

两个月后，林生很优雅地耸着肩膀说：“亲爱的，我要回英国了，如果有机会，我们将来再见。房租我已经交到了月底，如果你想接着住，不要忘了续租。”

我傻了，连哭都来不及，林生就不带一丝云彩地走了。公司也没法再待下去，我只好辞了工作。茫然无绪时还是给周星星打了电话，他是我在这个城市唯一能想到的人。电话那端，他的声音也同样有些激动和兴奋。

他来接我的时候，从口袋里拿出一枚戒指，是我上次看到的，他说：“我现在和朋友做生意，不会让你受苦了。”我们再次和好如初。

4

我们换了好点的房子住，周星星开始早出晚归，甚至几天不归，但他总要打电话给我，交代我注意身体，晚上不要一个人外出。我没有太在意，他送了我很多昂贵的礼物，还有化妆品，还说打算在北京买房子。

直到有一天他拿了一个黑袋子回来，里面装满了钱。他嘱咐我好好保管，然后匆匆离开了。3天后，警察找到我去协助调查。我才知道，周星星刚刚被抓获，他一直在参与盗窃。

我觉得无比羞耻，并且他在审讯的时候一言不发，拒不交代赃款到了哪里。后来，我把他放在我这里所有的钱都交到了公安局。我终于心灰意冷，看都没有去看他，离开了北京，去了南方一个没有人认识我的小城，重新开始。

几年过去了，我嫁了一个大学教师，生活平淡而幸福，怀孕后很少再想周星星了，偶尔想起来了，会有淡淡的忧伤。后来我知道了，高考后的那天夜晚听到的那首音乐叫作《神秘园》，是一曲忧伤的爱尔兰音乐，或者，那首舞曲一早就注定了我们忧伤的结局。

一个夏日的傍晚，我整理旧书的时候，无意翻阅到一本日记，是当初我离开北京时夹在一些书里的。那是周星星的日记，从高三到他被抓住前，零星而断续的记录。里面全部都是关于我的记忆，他对我的喜欢、思念、关怀、怨恨、歉意和爱情。

最后一页他写道："我知道自己已经堕落了，但是我希望尽最大能力让橙橙幸福，让她以后不要受苦。有房子住，有漂亮衣服穿，上班时候不被太阳晒……"

日记的扉页上写着："这是我和橙橙的爱情，这是我和橙橙的青春。"

夕阳从窗帘的缝隙钻进来，散发着温暖的色泽。我的心再次狠狠痛了一下，那些爱恨情仇，像一场电影，再次翻涌而过。我努力不让自己回忆往事，努力不让自己流泪。我忽然在一刻间明白，年少时候爱上的那个人，才是这一生最纯真的感情，此生，再没有人让我们如此心动。

但是，爱情的从一而终却需要太多的耐心和包容。在我们还不懂得什么是爱情的时候，就已经情不自禁；在学会包容前有了争吵矛盾；在拥有耐心前，已经固执地分离。

我没有哭，泪却不知不觉落下来，滴在我宽大的孕妇装上，散开朵朵雨花。我知道，我的青春已经过去了。

每个人骨子里都有这样的情结

想拥有一个蓝颜知己或是红颜知己

既不是夫，也不是妻

更不是情人

而是居住在你精神领域里

一个可以说心里话，但又只是心灵取暖而不身体取暖的人

在你受伤时

第一时间会想起他/她

他/她是你的一本心灵日记

也是你生命中一个最长久的秘密

一场风花雪月的阴谋

1

我一直以为时间能把心里的创伤磨平，把记忆里爱得要生要死的人淡忘。3 年过去了，我去了很多地方，旅游度假，遭遇过 N 次相亲局面，邂逅过无数个男人。

夜深人静、梦中惊醒的时候，我依旧搂着被子默默流泪，想念那个人，那个叫李小南的男人。为了赶着给我买生日礼物，他倒在车轮下的血泊里毫无知觉的表情，永远是一场噩梦，吞噬着我已经 28 岁的心灵。

去瑶里前最后一次相亲，对方是位行政主管，30 岁，相貌中庸，但家资雄厚，且态度诚恳。介绍人说："小慈，罗辰是位家世良好、受过高等教育的大好青年，他对你非常有好感，你可要抓住机会啊。"

我无语，旁人是不会明白的，多好都没有用，多好都不及李小南。

纵然再爱，也必然是一场浪漫传奇，不然如何抵得过？

第二天，外公打来电话："小慈，我要去海南考察3个月，你到瑶里来帮我打理青瓷制作坊的账目，顺便把我们的传家宝——那只青花瓷瓶带来，年纪大了，想念你逝世的外婆，愈发思人睹物了。"

向单位告了长假，我买好车票，在5月明媚的阳光里奔向瑶里。30多年前，外公在那里发家长住，他在电话里描绘的明清古建筑村、徽派建筑群、古戏台是一个美丽的传说。由于不发达的交通，能去瑶里亲睹景德镇名瓷制作也成了我很久以前就有的愿望。

从景德镇向东北方向，坐着简陋的中巴车一路颠簸了3个多小时，当我看到瑶河边那棵冠大荫浓的香樟树，树下一个身材高大的男人，手里举着写着我的名字的大牌子的时候，我的胃再也忍受不住长途跋涉的艰辛，"哇"的一声，吐出了所有的东西，那些所有的东西全部都溅到了他的鞋子上。

男人立马愣住了，随即他笑了，顺势向前，像风一般裹住摇摇欲坠的我："林小慈，你怎么可以用这种方式回应我的欢迎呢？"

2

男人的笑容很温柔，声音很绵长，有着南方人独有的婉转气息。那一刻，我呆住了，心底一种从来没有过的悸动：就是他了。这个叫宋家黎，被外公聘为业务经理的男人，他忽然让我有了种溪流大海、落叶归根的感觉。

18岁的时候，整日憧憬着爱情的颜色，仿佛爱上一个人就要陪上自己的生命，失去李小南后此生不再会观望其他男人。可等我28岁的时候，等我在 28 岁遇到眼前这个叫宋家黎的男人时，我才知，生活给予女人的创伤只能是一种经历，它阻止不了对爱情风花雪月的幻想，也阻止不了对被爱幸福长久的渴望。

宋家黎的摩托车在云雾缭绕的乡村小路奔驰着，穿过山清水秀的梯田与村庄，数百幢明清徽派古建筑依山傍水、错落有致地分布在瑶河两岸，飞檐翘角，粉墙黛瓦，掩映在青山绿水中。甚至连居住的房子里都摆满了古色古香的藤椅木桌。

我把青花瓷瓶从箱子里小心翼翼地拿出来，摆放在外公的书桌上，整个屋子马上熠熠生辉。宋家黎的目光聚满惊艳："报纸上说，两大故宫，皆无重器，据说元朝不到百年的历史里，只有八件极品青花，七件已经流传到国外，难道仅剩的就是你这件？"

我淡淡笑了，目光落到角落里被外公平日盛酒的青花扁壶上，那是一只扁长型的酒壶，圆形的小口卷着唇，两侧有龙形的双系。我拿起放到鼻端轻轻嗅了一下，酒香清新四溢。

我对他说："我不懂瓷器，和其他的东西相比，这是不是珍品并不重要，但是对我外公来说就是传家宝，这是我出生于大户人家的外婆的陪嫁。"

宋家黎的手指头落到青花瓶口，小心翼翼地抚摩着，那里呈现出略微的黄色，那是岁月打磨的痕迹。他抬头："原来老板让我去接的珍贵物品并不仅仅是你，还有这件价值几千万的青花古瓷啊。"

我妩媚地轻笑，目光再一次掠过那件淡然无奇的青花扁壶，然后瞥到他的脸上，我发现宋家黎的眼睛里也透着灼热的光，从青花瓷瓶传过，停留到我的脸上。

3

白如玉、薄如纸、声如磬、明如镜，瑶里的瓷业在中国瓷器史上颇有盛名。我在作坊里看工人制作出来的粉彩，熊熊窑火映红了窑工满是泥水的脸庞。宋家黎抱出一樽华美绝伦的青花瓷瓶说："小慈，这瓷瓶曾经被用于电影《青花日月樽》的拍摄。"

胎质细密，工艺精湛，釉色莹润，声响清脆，我仿佛看到一种遥远的力量，来自民间的古窑，来自一双粗糙的手，禁不住再次为中华瓷都得天独厚的造物能力所折服。

宋家黎却轻叹："这只瓷瓶花了我们整整3个月的时间，可它的价值却不及老板那件传家宝的万分之一。"

我想告诉他，这里是世界瓷都的发源地，这里是原色的"CHINA"，这里生产的瓷器早已超越了它本身的价值，而那件传家宝对于我们家是有着举足轻重的意义，但实质上又怎么能及得上原色青瓷的万分之一呢？

但是我什么都没说，我只是对他说，我想去看看古镇风光。

宋家黎带我去游览周边的景色。这躲在赣皖交界的翠山中，藏在景德镇甜美怀抱里的瑶里，一地如歌的山水，一处梦里的故乡，古村老树，古窑古矿，鸡鸣狗吠，稻田菜畦，鱼群荡漾，红色遗韵，江南情怀……

南山瀑布挂在光滑闪亮的绝壁上，宋家黎绘声绘色描述着它的绝美壮观。崎岖的山路上他牵着我的手，我却一不小心滑倒在他怀里，两个人心照不宣地牵着手。徽州古道，现今保存最完整的古道，光滑的石板路上流传着千年的传说，也承载了我和宋家黎的秘密。

他领着我在群山环绕下的梅岭喝茶，瑶里崖玉在水中舒展似绿仙子扭动的舞姿，浓郁的兰花芳香沁人心脾。依山傍水的粉墙黛瓦，空气中弥漫着江南古镇特有的悠闲和宁静，恰似一幅意境恬淡的山水画。

忽然疑似走进了时光隧道里的世外桃源，那一刻我看着宋家黎，想到一句话，有一所房子，面朝窑河，春暖花开。

4

很久都没有这样开心过，回去后一种幸福和甜美沁上心头，我傻傻笑着，像个白痴一样。不知谁说过，恋爱中的女人智商不会高于3岁孩子。我在深夜赤脚敲开了宋家黎的宿舍门，他像鸟儿一样飞快开门：“小慈，我知道你会来的，我正等着你。”

那一夜，我留在他的房间里，他的手落在我的腰上，柔软却有力，单薄的衣衫像枯叶般飘起，再落下。在一大片树叶跌落到身上的时候，我心里有一阵凛冽的感觉，这就是爱情中最浪漫的传奇吗？

我说：“家黎，我要永远和你在一起，生活在这个天河灵谷里，烧瓷采茶，摘野菜看老宅，过神仙才有的日子。”

宋家黎的眉头微微皱了下，然后他笑，他的头侧过来，嘴唇轻轻覆盖下来说：“小慈，你想怎么样都行。”

我的嘴唇即刻被堵住了，舌齿在温暖的沼泽里相遇，发不出一点声音。

宋家黎忽然推开我说：“小慈，我们到老板的书房去吧。”

我点头叩首，沉浸在爱情中幸福的小女人，向来都是唯命是从的，哪会去想那么多原因。

书房里很快上演着幸福的延续，当他的手再次触摸上那只青花扁壶时，我的心沉了一下。但很快他只是倒出了壶里的酒，轻轻品了一小口赞道：“酒也是无上佳酿。”

在激情的边缘和美酒的沉香里，我很快醉倒了，脸上有最后爱情的憧憬、幸福的颜色。

清晨，阳光从风吹开的窗帘照进来的时候，我在头疼欲裂中醒来，身上被印满了斑驳的橘黄光线。宋家黎不见了，桌子上那件传家青花瓷瓶也不见了。

我傻傻地愣在床上，不愿意相信这个事实，很久才想起打他的电话。机械的女音：“您所拨打的用户不在服务区。”

原来，我所沉浸的浪漫传奇，不过是打着爱情幌子的阴谋，在金钱势利里，再美的风花雪月纵是不及几千万的青花瓷瓶来得现实。

5

外公回来的前一天晚上，我接到宋家黎打来的电话：“林小慈，你被你的外婆骗了，你的传家宝是件外国制作的赝品，一文不值。”他的语气充满了可惜的成分。

我淡淡说：“我知道，我们家的人都知道它不是真品，我也没说过它不是赝品，是你把它当真品了。”

宋家黎沉默了一会儿：“我想你了，小慈，我可以再回去找你吗？”

我笑了：“我想休息了。如果你想把那只青花卖个好价钱，可以拿给我外公，他会给你2000元。”

我把电话挂了，再次瞥到角落里那个青花扁壶，眼泪就出来了。宋家黎不知道，真正值几千万的是这件，但它被外公拿来当寻常酒壶用。而那件赝品，是当初外公落魄的时候唯一的定心丸，外婆总是说我们还有稀世的珍宝，天塌下来也不怕。等发家立世后才发现是件赝品，他们却早已在心里把它当成传家宝。

我回到家一年后，在街上无意遇见罗辰，他说："林小慈，如果你现在还没有结婚的话，我想请你喝咖啡好吗？"我笑了。再次历经创伤对于一个由感性渐变知性的女人来说，慢慢发现它未尝不是一件好事。

和罗辰结婚的时候，我挑出第二节里那段话，修改一下做个结尾吧：

等我 29 岁的时候，等我在 29 岁再次遇到眼前这个叫罗辰的男人时，我才知道，生活给予女人的创伤只能是一种经历，它阻止不了对被爱幸福长久的渴望，却能阻止对爱情风花雪月的幻想。

还魂记

1

孟芊芊从来不曾忘记过程末。这么多年了，每次她都能真切地看到他，依旧是那双黑亮的眼睛，依旧是那抹轻轻的微笑。

第一次看见他，是她上初三的时候，转学到了一个陌生城市的中学。当她怯生生地看着周围的环境、陌生的人群，有一种悲哀压倒了新鲜和好奇。终于真正的悲哀于第一次体育课的时候降临了。

跳远的时候，沙堆里一块不显眼的石头梗住了脚，疼痛从她的脚底传到心里。陌生的同学窃窃私语，年少的羞涩和单薄在瞬间被剥离得淋漓尽致，她趴在沙堆里失声痛哭。

他就是这时走进她充满泪水的视野，黑亮的眼睛惊讶地看着她，然后一声不吭地背起她。他是那么高大、年轻，趴在他身上感觉真安全。

有种微微的震颤从血液传入心脏，15 岁的她，已经略略在书上探讨过情爱的角色。

不久以后她就知道了他的名字叫程末，是学校里最优秀、最年轻的体育老师，常常参加市里学校间的篮球联谊塞，最关键的一分永远都是被他所获。不仅如此，他还是学校里最有才华的老师，常常有作品在报纸杂志上发表。虽然他已经有了个美丽的妻子，但仍旧是学校里所有高中部女生仰慕的对象。

不上体育课的时候，她可以从开着的窗户里看到他高大的身影。她喜欢他走路的样子，说话的声音。他的眼窝很深，眼睛是棕色的，充满忧郁。在那种朦朦胧胧的情怀里，他的影子时常会浮现在她的心房中，在寂静无人知道的角落吐露着芬芳。

她一改不喜欢体育课的习惯，只要有程末，她永远都兴致勃勃。她喜欢听他给男生讲篮球技巧。他对着篮球架做示范动作时，全身投入的样子非常动人。除了测验，他总是站在学生中间，集体讨论说笑的气氛热烈而活跃。学生们都很喜欢他，每次下课后总会有一群人围着他，从操场到办公室，一路上热烈地争论着。

她总是呆呆地看着那快乐的一群，心里充满羡慕和渴望，她知道自己矮小爱哭，梳娃娃头穿背带裙。那些日子她拼命地想长大，长大到可以站在他的旁边听他讲篮球和诗歌，可以像那个扎长辫穿红长裙的大女生一样为广播体操中某个动作和他争得面红耳赤。于是她整天抄写那些风花雪月的美丽句子，沉浸在人为的伤感和哀怨的氛围中。学习的紧张和生活的单调沉闷使她 16 岁躁动的心充满渴求。

他的存在正合了她当时的心境和情绪，太多的诗情画意还有溢满心灵的寂寞都需要人来分担，所以她在几乎还没来得及完全了解他之前就自以为是地爱上了他。

2

在一次学校的表彰大会上，她偶然听说了他资助一个贫困地区学生上学的事情，这顿时让他的形象在她的内心更加高大起来。

限于她弱小的女性体格，体育的天分估计是无缘。但是她爱看书，书中才子佳人的故事常常让她嘘唏不已，常常幻想有一天也能在书报上崭露头角，一鸣惊人，让程末注意到她，对她刮目相看。孟芊芊常常在睡梦里梦见自己穿着典雅的白裙子，站在万人瞩目的红地毯上接受文学嘉奖，而程末会从人群里捧着红色的玫瑰，款款而至，给她一个深情的拥抱。

然而在孟芊芊初三还没上完的时候，程末因为篮球比赛的成绩被省城一所师范学校调去。于是，那年的中考志愿由原来的高中被她背着父母改成程末所在城市的师范类中专。她急切想见到他，听到他的声音，同时她也明白，他对她来说已不仅仅是一位老师了。

暑假是漫长而焦急的，从接到那张期盼的通知书那刻起，孟芊芊悬着的心终于落到了地上。她又开始每天盼着开学的日子。

开学的第一天，孟芊芊终于如愿以偿地在校园的小路上遇见了程末，也看见了他的妻子。那是一个身材纤瘦的美人，学校里最漂亮的音乐老师，那种纤华毕露、落然大方的气势震撼了16岁的孟芊芊，那是怎么样的一种成熟美啊！

看着程末老师对她深情地微笑、款款地注视，孟芊芊的心里有一种被冷落的感觉。可是她已学会不动声色、礼貌而又亲热地喊程老师，一直保持微笑和端正的站姿。在他们转过身的瞬间，她的眼泪夺眶而出。

感情有时候真的只是我们自己一个人的事，爱与被爱都与他人无关，就像我们的泪水，只会在黑夜无人时静静滑落。和任何人无关，只能自行了断。

从此知道，爱是恩赐，爱是恒久忍耐，爱是有所保留。

很快，父亲不动声色地为她安排好一所私立高中。那么灿烂的阳光下，孟芊芊突然泪流满面，心里涌上一种无能为力的悲哀。她清醒地预感到，她已经不可能再见到他了。

能够继续做他的学生，天天看到他，这样卑微的心愿也不过只是心底的暗流，静静流淌，永无法见天日。

3

上高中的日子单调又漫长，她像被上了发条的木偶一样一天天过着，除了写了 6 本掩藏起来无人观看的日记，没有任何新意。很多年以后，回忆起高中三年，总是觉得它们是老式的无声黑白片，没有任何鲜艳的色彩。

黑板上老师用红粉笔开始醒目地写上了高考的倒计时，在无边的习题中，她常会抬起戴着眼镜的头呆呆地看一会儿窗外，目光茫然，没有聚焦。

想想程末妻子的优雅，再看看自己丑小鸭的模样，那样生不逢时的境遇里，她的敏锐和自卑油然而生，并时刻存在着。她唯一能和自卑感抗衡的是学习，拼命地学习，以优异的成绩考上大学，做一朵闪闪的金花刺亮他的眼睛。

在那些失眠的深夜，她想起他就会感觉自己呼吸缓慢。回味那些成长岁月里和他有关的美丽的温情的瞬间，可以止住她所有的疼痛和迷惘的蔓延。

磕磕绊绊的成长岁月里常会想起那些体育课里曾有的最快乐的日子，看到那双明亮的眼睛。是的，爱他是她个人的事情，与他无关，所有的爱都只属于自己。这份痛彻心扉的爱情是如此地直抵人心，锐不可当，哪怕注定要破碎，也是心甘的。

大学校园里每天上演着如火如荼的爱情故事，她对这一切都置若罔闻。因为他，那些每天看到她傻笑，在阶梯教室和图书馆里给她占座位的男孩子都只是孩子。他们讲的笑话一点也不幽默，他们脸上的青春痘太难看，他们无话找话，话题太沉闷，遇事太沉不住气，他们太幼稚。

每到这些时候，她眼前都会浮起程末高大的身影。他的聪明，机智、开阔、深刻、沉默、成熟不是他们的青春和热情可与之匹敌的，他们不是他，她固执地以为此生只爱这个人。

大三的时候，她开始尝试着在报刊杂志上发表文字。那些过去几年写的小诗，渐渐从学校的校报转移到全国各地的报纸杂志上，她又开始写一篇临摹于《窗外》的校园小说《在路上》。

一部记载她 7 年来深刻而又纯稚的情感小说，在出版的时候迎得了众多同龄人的共鸣。在文学的道路上，大型的考验首战告捷。一时间，这个叫孟芊芊的女孩在大中学校风靡一时。

那段青涩的时光已经过去，她开始像 5 月的芙蓉树，仿佛是要释放身上多年蓄积的能量，在阳光下欣喜地散发出幽静的花香。在岁月年华的抚动下，在男同学一天比一天更多的追逐目光里，她终于长大蜕变成一个光华四射而又散发着青春活力的美少女。

4

孟芊芊是在 23 岁也就是大学毕业后的第一年，因为父亲身体不好的原因回到中原市。由于她发表的部分文学作品被改编成电视剧，被一家影视学校聘为专业指导，同时在亲友的安排下，她认识了一脸书卷气的男朋友杨舟。

孟芊芊事业顺利，杨舟家境富裕，品性温和，工作认真。这样的爱情，这样的人生也甚觉无憾。但在夜深人静的时候，她的内心仍旧有着一个梦，由此而来的那些快乐和痛苦也只是她自己的。她沉迷在其中，坚持不自拔。

杨舟的求婚是在一年以后，当他送来价值不菲的钻戒时，孟芊芊犹豫不决，她知道她不能忘记程末。她轻轻叹口气说："杨舟，请给我一个月的时间。"

杨舟既黯然又带着期望离开后，孟芊芊接到了一个学校教研处的电话。学校要特招一批有天分的少龄演艺人才，她将有任务和权利在诸多报名者中选择推荐一个。

孟芊芊整理好学校发给她的报名资料，并初步做了一番斟酌和筛选。从第二天开始，就有孩子的家长断断续续地来她的家里甚至办公室里送来礼物和现金，请她多多照应一下自己的孩子。

第五天的时候，当孟芊芊再一次送走一位望子成龙的父亲和礼物后，衣服口袋里的手机响了起来，是一个陌生的本地号码。她犹豫了一下，接通这个陌生的电话："你好，是孟芊芊小姐吗？我是你曾经的老师，程末……"

那么熟悉的声音，如梦如幻，她一下子整个人都呆掉了，火辣辣的太阳下，晕眩得几乎站不住，仿佛是穿越过时光。她再一次近乎贪婪地听着这个声音，是他，虽然历经岁月的沧桑，他的声音似乎已经老了，但她还是依然听得出是他。孟芊芊从没奢望过，这么多年后还会再听到他的声音，并且居然会给她带来如此大的震撼，犹若风起云涌，惊涛拍岸。

程末的通话并不长，他断断续续地向孟芊芊问好，这分明熟悉且让她梦绕魂牵的声音，夹杂着客套的语言，让她感觉到莫名的不习惯。最后，程末要在周末请她吃饭，她还是不假思索地答应了，就如同一个戒毒已久的瘾君子，再度碰到海洛因，急切而又贪婪。

5

那是一家坐落在市郊偏僻角落的小餐厅，从车窗远远地观望中，程末搓着手不安地站在门口。他穿着几年前流行的蓝色大领西装，衣服褶皱处暗灰色的印迹隐约可见。下车后她低着头，对于渴望已久的东西，往往在到来的时候会怀疑和恐惧再度失去。

她跟着他走进那简陋的包间。他讪讪着，终于开口："芊芊，我的女儿想进你们学校的少龄演艺班，你看我们过去也有多年的情谊吧……"他停顿，抖索着手，从口袋里摸索出一支揉得皱巴巴的廉价香烟。他摸出打火机，点了几次，最终被破着的窗玻璃透进的风吹灭。他就这样滑稽地把烟叼在嘴上，开始含糊不清地述说，他所在的学校清减人数，他如何地怀才不遇，那高贵优雅的妻子是如何狠心，抛夫弃女……

在他扭曲着的面孔和喋喋不休中，她终于抬起眼帘，怔怔看着他。

原来他是为了女儿进少龄演艺班才有了这场宴请，有了这次让她仿若隔世的重逢。

她努力把眼前这个满脸沧桑，头发蓬松，对俗世满怀厌倦，向她屈身卑谦请求的中年男人，和让她梦绕魂牵了十年的程末的身影联系在一起，却发现始终无法重叠。

那个让万千女生迷恋的“篮球王子”呢？他笔直挺拔的身体呢？那动人心魄的微笑呢？她跄踉着要去卫生间，慌乱着答应他的请求，却在心底默默向她的似水年华挥手告别。

孟芊芊第二天打电话给杨舟：“我们什么时候举行婚礼？”她忘记了她曾经的一个梦，也似乎忘记了半个月后才是她给杨舟的预期时间。

传奇式的爱情故事只能在小说剧本中演绎，现代男女所谓的还魂是脱胎换骨，再战江湖。在时间的漂泊和告别中，那些曾经在心里喧嚣过的往事尘烟渐渐地模糊了，日渐平息。那个有着黑亮眼睛的程末老师，缓缓沉入了记忆海洋最深处。

她爱上的其实不过是一份爱人的感觉罢了，而 10 年后他的出现助她还魂。

谁能穿越爱情的悲凉

1

第一眼看到苏子安，丁陌的感觉，像一道闪电，狠狠击中了她的心。她知道，一场关于爱情的劫难开始了。

丁陌的正职是一家娱乐城的领舞，兼职人体模特。在美院的绘画课上，她从容地褪去衣衫，身材匀称完美，像一枚剥壳的成熟果实；饱满的乳房，似一朵花一样怒放着。那些学生们的眼睛开始发热，笔端也开始颤抖，甚至有人张大了嘴巴，呼吸急促。只有苏子安，他安静地坐在那里，聚精会神。她美丽的裸体，对他来说，只是一幕道具。

几乎所有的美院学生都长发飘飘，奇装异服，只有苏子安不是。他留着平头，穿白衬衣，眼神空洞，神情淡然。后来，丁陌知道，苏子安是很多女生的梦中情人，谈过 10 次以上的恋爱，对女人不再有感觉。

浮华的城市外环境和空虚自我的开脱，成了他甘于堕落成花心浪子的理由，他和每个女孩在一起都不超过 3 个月。

丁陌有大把的追求者，那些停靠在娱乐城门口的宝马、奔驰和一张张献媚的老脸，她从来都不屑一顾。她却在刹那间喜欢上了这个飘缈的男人，似一缕青烟，根本抓不住，但却牵她的神、扯她的经。她的口袋里放着一包三五香烟，因为那是苏子安常常抽的牌子。有一天，她在校园的亭子里遇见他，她突然拿出烟说："嗨，来一支吧！"那是丁陌和苏子安说的第一句话。"

她的眼神带着妩媚的挑逗，成年男女的邂逅，往往不需要什么语言，只需要一个迷离的眼神就能靠近。他接过烟，和她久久对视，然后，他笑了，说："原来你也是个美女啊。"后来，他去看她的演出，她在台上尽情舞动着玲珑妖娆的曲线，台下的苏子安忍不住血脉膨胀起来。他觉得自己是那要爆裂的一个气球，他再也忍不住了，跟她去她的租屋里。

丁陌咯咯地笑着，自然地，他就吻住她的唇，她那软软的身体贴到了苏子安的身上。他们紧紧拥抱着，他一遍遍地说："你怎么那么美呢，像个妖精一样！"

2

苏子安和丁陌住到了一起，他说："你的身体真诱人，像水蜜桃一样。"他对她说了自己两年后要出国的事情，他说做个美术大师，是他毕生的志愿。她沉默地吸着烟，漫不经心地说，就当我们在这段时间做个伴吧。

丁陌去娱乐城上班的时候，他都会在门口等着接她。她做饭给他吃，那是她第一次做饭，他说好香啊，她拿起筷子吃，几乎咸死，盐放多了。

而苏子安说好吃，而且吃了满满两碗饭，丁陌很感动。

苏子安让她辞去兼职的模特，丁陌说：“那我哪来多余的钱去买衣服和化妆品呢？”苏子安还是固执地让她辞了，他说：“我是很自私的，不能允许别人看见你的身体。”没过几天，就给她买了贵得吓死人的奢侈品。为此，他花光了自己一年的学费。丁陌又是心疼又是感动，她干脆养着苏子安，给他房子住，给他钱花。她爱上了他，从身体到精神的过度，因为一个爱字而变得心甘情愿。

苏子安要开一个画展，丁陌只得偷偷去另外一家大学客串人体模特。一天下午，丁陌去大学时被告知临时调课，她又转了回去，居然撞见了苏子安和一个陌生女子在一起纠缠的场面。丁陌扑过去打他，骂他下贱，骗子，然后说了一个字：“滚！”

她把苏子安的东西和给他筹备的钱全扔了出去，然后说：“从此后，一刀两断。”

她不吃不喝地躺在床上，心如死灰，感觉世界崩溃了。她是这样爱上了他。当一个女人陷入爱情的时候，就会觉得只有在激情、失望和泪水的患得患失中才能感受到自己的存在和快乐。并且，这样的孤独、揣想和痛，反而吸引着她对他越陷越深。

她开始担心，他走后会不会饿着、冻着。于是第三天的时候，她拨了一下他的电话。不到 10 分钟，苏子安便跑了过来，同样地憔悴不堪，他说：“我错了，我改不了花心的毛病，但我心里最爱的是你啊。”他拿出一枚小小的戒指，很动情地说：“我将来肯定会娶了你的。”她以为他拿预备画展的钱买的，忍不住狠狠骂了几句。他什么也没说，只是抱着她，要了又要。

第二天，丁陌在苏子安换下的衣服的口袋里看到了两张单据，一张卖血的，一张戒指的，都是 800 元。她忍不住哭了起来，她扑过去抱住他说：“你怎么那么傻呢？”

3

画展办得很成功，随后就有了更多的年轻小女孩拿着画稿找苏子安指正，还有人拦在路上和丁陌谈判，请她离开苏子安。她唯一能做的是不动声色地沉默着，她不质问他，他也不提起，有人不是说过了吗，爱是恩赐，爱是恒久忍耐，爱是有所保留。她相信，自己的忍耐和保留，终会等到回报的那一天。

为了给苏子安筹备留学的费用，丁陌开始在白天偷偷做人体模特，夜晚转着场子跳舞。一天下来，整个人都散了架，加上长期的营养不良，有天夜晚她忽然昏倒。苏子安赶到医院后紧紧抱着她，呜咽着说，对不起，对不起。他说：“亲爱的，等我回来后，第一件事就是娶了你。”

她信了，因了这句话，她为他做什么都值得。

苏子安去了美国，一切费用都是丁陌筹备的。开始的时候，他每天都发电子邮件给她，提到自己的美籍华人教授，还有对她的想念。两个月后邮件少了，最后他居然拒绝再接受丁陌的资助，他说自己已经找了兼职的工作。

丁陌开始慌了，她发现自己怀孕了。苏子安离开的前几天，他们天天黏在一起，根本没有采取任何防御措施。她不知道到底该不该告诉他，只是渐渐感到四伏的危机，一个男人连自己无法承担的学费都不想从她这儿要，那么就意味着他不想再从她这儿得到什么了吧。

果然没过多久，苏子安向她摊牌：他又爱上了别人，是教授的女儿。

他说："对不起，我控制不了自己，但我最爱的还是你，我将来还是会回去找你的。"

丁陌一个人昏昏沉沉去了医院，她始终没有告诉苏子安怀孕的事情，她爱他，不想他有任何负担。在躺到手术台的时候，她再一次想起他说的"我最爱的还是你，我将来会回去找你的"。她跳起来，她要留住这个孩子，这是她对他的爱，唯一能留给自己的纪念。

苏子安断断续续来了几次邮件后，就失去了联系，她依旧什么都没说。她束起了长发，穿素色衣服，租住到简陋的小房子里，不再去跳舞，专心致志做起待产的母亲。

4

孩子出生了，是个很漂亮的男孩，有着和苏子安一样的眉眼。但是，很快医生就告诉了丁陌一个不幸的消息，孩子有先天性的心脏病，这种病在 5 岁前手术是最好的，但手术需要 20 万元的费用。

丁陌呆了，她放声大哭起来。许久，她擦干了眼泪，她决定赚钱为儿子治疗。继续跳舞是不可能的，她知道，唯一快捷的方式是她的身体，即使生了孩子，她依旧是个美丽的女人。

她找了个保姆带孩子，自己穿上性感妩媚妖娆的衣服，烫了玫红色的卷发。在高级俱乐部里，在五星级酒店的大堂里，没有爱，没有情，只有金钱。

慢慢地，她的钱夹子里塞满了钞票，存折上已经有了六位数，离儿子手术的日期不远了，这是令她兴奋的事情。

两年后，当苏子安出现的时候，她正在一家高级俱乐部的走廊上和一个秃头的人说话。苏子安从旁边的一间包房里走了出来，那时，他刚回国一周，来参加一个旧同学的生日聚会。

世界有时候就是那么小，她以为他们不会再见面。她怔怔愣住了，苏子安也愣住了。半晌，他冲过来，把老家伙推到一边，几乎是粗暴地把她卷了出来，带到他入住的酒店，然后紧紧抱住她，他轻轻叫她："丁陌，是你吗？你怎么堕落成这样！"

他流着泪吻她，说对不起，丁陌在他的亲抚下，渐渐变软，发热，她忘记了说话，脸上全是泪，她再一次有了久违的欲望。

激情过后，他抚摸着她的脸，忽然对她说："我已经结婚了，和教授的女儿。"尽管这已是预料的结果，她的心还是哗的一下凉透了，脑子里全是空白，心里的锥痛一下子漫到了嗓子眼。

她并没有马上从他怀里跳起来，而是笑笑说："你喜欢她吗？"他顿了顿，说："我不爱她，但我需要她，她的父亲为我的前程安排好一切，所以，我不能放弃。"然后，他再次不停地说对不起。

她一直在他怀里，全身的血液几乎凝固。她深深地吸了口气，从容地点了一支烟，不动声色地说："只要你掏钱，什么都对得起了。"

然后，她摆出女人最恶俗的媚态，笑，放肆地挥霍着他们之间最后一点残存的感情。他叹了口气，然后努力地掩饰住不悦起身找他的衣服。穿好衣服，他掏出钱夹里所有的钞票，然后头也不回地离开了。

丁陌一个人待在凌乱的房间里，沉默地抽着烟，一支接一支，直到泪流满面。哭完后去卫生间补妆，她又是那个妖艳美丽的女子了。她知道那些所谓的爱情和等待，曾经是存在过的，但都已经结束了，他留给她的那一道伤，也许穷其一生不能忘记，但是已经永远地成为历史了。她的儿子还在等着手术，她还要去赚钱，这才是最重要的事情。

保时捷情杀事件

1

只有在一种情况下，林婉君才能感觉到李小朋是一个男人。那就是在床上。

李小朋的眼睛很大，睫毛很长，使得他的英俊面孔多了一份秀气。他的抚摸和亲吻不需要经过长途跋涉，就能很快让快感像潮水一样奔涌过来。

旁边的电视突然转换成一条车展新闻。绚丽缤纷的各式豪华车让林婉君还是忍不住分了心，她偏头过去，不时发出阵阵啧啧的赞叹。后来，主持人介绍一款价值 180 万红色保时捷的时候，她忍不住大叫出声：“李小朋，你快看，快点，这车太漂亮了，我太喜欢了。”

李小朋头都没抬一下，电视是房东淘汰的老式 14 寸，里面的车能怎么漂亮！他极不耐烦地从鼻子里哼出一声：“有什么好羡慕的，你怎么越来越虚荣！”

林婉君也生气了：“像你这样只会上网打游戏的打工仔想虚荣，也没那个资本。”

两个人都有些泄气，一场暴风骤雨即将到来的盛宴就这样偃旗息鼓了。林婉君把头偏到一边，李小朋爬起来穿好衣服去旁边上网，一边嘟哝：“你到开心网上注册个账号，我送你三辆比保时捷还漂亮的车，外带车位！”

林婉君咬牙看了他半晌。恰好车展新闻过去了，她颓然睡到一边，心里感觉无限悲哀。

他们从大一开始恋爱，整整7年，在这个北方城市没有一个熟人，因为林婉君毕业后恰好应聘到一家外企工作，李小朋立刻拒绝了家人在当地为他找好的政府部门工作。对此，林婉君一直都觉得很亏欠于他。

林婉君在职场越来越游刃有余，职位也升为部门助理，薪水也比当初多了三倍。可是，李小朋越来越没有出息，开始是在一家娱乐城做大堂经理，后来牵扯到一桩酒后伤人事件，还是林婉君拿出5万元钱帮他私下解决的。那钱，是她的全部积蓄，她刚看好一套小房子，本来是准备付房子首期的。

而后，他跳槽去了一家服装厂，做质检，工资刚刚够他自己的生活费。他们的争吵便开始了，往往一件鸡毛蒜皮的小事就能成为导火线，归根到底还是因为钱。

林婉君感觉压力很大，房价的飙升总在她的能力范围之上，她觉得生活和她当初设想的太南辕北辙了。

林婉君第一次注意到保时捷，是公司的年会上。老总的女儿开了一辆，那个姑娘长得并不漂亮，但有一种公主般的气质。后来看《大话西游》时，里面的紫霞说：“我的如意郎君是一个盖世英雄，有一天他会驾着七色的云彩来迎娶我。”

女人的心里都有公主梦，梦中的情人也是盖世的英雄。从那个时候起，她的内心就有一种愿望，希望李小朋有一天飞黄腾达，开一辆保时捷来娶她！哪怕之后让她立刻死了，也是幸福的。

2

林婉君的公司新来了位50多岁的副总，喜欢色迷迷地扫描女职员的胸部。有次他在电梯里悄悄约她去游泳，被她拒绝。回家后，她无意中告诉了李小朋，谁知，他觉得是一种挑衅，冷笑着回敬她说：“有什么了不起，只要我想，跟我去开房间的女网友数都数不清。”

说者无心，但听者有意。林婉君趁他不在家的时候，偷偷打开他的电脑，果然发现他在博客中写了跟女网友一夜情的事情。

原来，有一次，他们吵架后，他和一个女网友去酒店开房间了。女网友并没有林婉君漂亮，但是对方却惊叹他的英俊帅气，说他和韩国的一个明星长得非常像。

这种恭维和赞美的感觉实在太好了，让他感觉到一种异样的激情，他甚至觉得有些好笑：他这样被林婉君整日骂窝囊的男人，还有女人愿意勾搭，岂不说明他还是很有魅力的嘛！此后，他断断续续又跟几个女网友去开了几次房。

看到这些内容，林婉君气得浑身发抖。后来，她想了许久，觉得还是原谅他。不是有人说了吗？男人都是情欲动物，身体和爱情是分开的，不管怎么说，他的心在她这里，才是最重要的。

这个男人，她爱了7年，女人这一生最好的时光都消耗到他身上了，一个女人一辈子有几个7年呢？她无法用分手来否定过去的时光！

她觉得，一个男人隐瞒自己的出轨，至少说明他还是爱着那个女人的。一个女人如果想维持这段爱情，就只有不揭穿他的隐瞒。

于是，她什么都没有追问和指责。她以为，她的卑微和宽容，终会有守得云开见月明的那一天。

半年后，金融危机全面爆发，很多企业都宣告破产。李小朋估计，他也快该失业了。

那个夜晚，他们因为钱再次吵架。他打了她一巴掌，还踢了她一脚。后来，她跑出去了。

林婉君在大街上徘徊很久，实在没什么地方好去。恰好这时一个女同事打电话给她，得知她跟男朋友生气，非要她去自己家住一晚。

女同事刚嫁了个有钱的老总，准备去欧洲蜜月旅游，走前想把自己的保时捷车送去保养，可预约排队也得一周后，所以她把钥匙给了林婉君，请她帮忙到时把车开过去。

保养的前一天晚上，林婉君直接把车开回了自己家。她开着它，心里充满巨大的幸福和欢喜。

她把正在打游戏的李小朋硬是拽到车上。毕业那年，他们一起去考的驾照，一直都没派上用场。在商量去哪儿吃饭时，他讨好地说："开这样好的车，至少得去旋转餐厅才像样啊！"

林婉君确实太高兴，她第一次没有考虑吃饭的成本就同意了。

他们要了一瓶红酒，李小朋喝了很多，结账的时候是668元。林婉君的心被狠狠剜了一下，但是，谁让她今天开了这样高档的车呢！那就咬咬牙配合下高档的气氛吧，她很潇洒地结账。

3

他们把车开到河边偏僻处停下来。水面在城市霓虹的照映下，显得愈发多情起来，这让他们体内的荷尔蒙带动的欲望漫溢而出……

她正微微闭着眼睛，他忽然问她："你哪来的车？不会是哪个男人送的吧？"听到这句话后，她闪现一个念头：也许打击一下他，能调动他的上进心呢。于是便漫不经心地说："是啊，你有钱的话就给我买一辆更好的吧。"

就是这句话让即将抵达高潮的他像一条鱼一样滑了出来，他靠近她的脸，阴阳怪气地说："哪个男人？你们公司那个老头吗？怪不得你今天这样大方呢，原来傍了大款啊。"

她觉得好笑又好气，他居然一点都不了解她，她说："别闹了，车是同事的，让我帮忙开去做养护。"他居然打开车内灯在车里寻找起证据来，她只好慌乱地穿起衣服。

结果真被他从备品箱中找到一个未用过的安全套。原来女同事也是性情中人啊，她有些好笑。但是他忽然恶狠狠地问："你笑什么？你觉得看不起我是不是，你这个水性杨花的贱人！"

这次，林婉君彻底生气了，她指着车门："你滚，我不想跟你说一句话！"

李小朋一边拉车门，一边瞪着她说："你既然早就变心了，干吗还吊着我？"

林婉君崩溃，她冷笑说："我怎么瞎了眼找你这样窝囊的男人。我兢兢业业挣的钱也被你糟蹋，因为你没能力买房子，我怀孕两次都流产。你还背着我跟网友一夜情，我早在你的电脑里看到了，就算我傍了个大款又怎么样，总比跟你在一起强！”

李小朋突然扑过来，紧紧卡住她的脖子。他把牙咬得咯咯直响：“如果不是因为你，我现在在家乡有一份人人都羡慕的工作，至于在这里受穷还受你的气吗？连上网寻找点安慰还被你监视，你这个天下最恶毒的女人！”

他简直是叫了起来，把全身的怨气和所有的委屈都加到手部的力度上。林婉君被卡得满脸通红，她越是拼命挣扎，越是激起他的愤恨，他越是害怕她再说出什么令他难堪的话。

他知道她爱他，她为他付出太多，他根本还不起，她的独立和好强让他丧失了一个男人最起码的责任和尊严，他承担不起，也太压抑。

此刻，唯有加大勒紧她脖子的力度，让她闭嘴，他才能感觉一些轻松。

不知过了多久，她圆睁着双眼，双腿直挺挺伸着。他用手伸过去，她的鼻子早就没有呼吸。他重重瘫倒在一边。

后来，他用颤抖的手点了一支烟，吸了一半后，他决定抛尸毁迹。他先把她拖到后备厢藏起来，而后把车开离了现场，预备到后半夜再回来把她扔到河里。那个大款就算知道她死了，也会害怕牵连而不敢声张的，他白得了一辆车。

这辆车就算卖给二手贩子，至少也值个十万八万的。

这样想着，他感觉很累，就靠着座子昏沉睡了过去。

早上，他是在手机的响声中醒来的。他胡乱接起后，才发现是林婉君的手机，这时，一个女声传来：“婉君，今天不要忘记把我的车开去做保养啊！”

他这才感觉清醒过来，他看了看车尾，心里忽然充满了绝望。

人生，没有永远的爱情

没有结局的感情总要结束

不能拥有的人，总会忘记

人生，没有永远的伤痛

再深的痛，伤口总会痊愈

人生，没有过不去的坎

你不可以坐在坎边等它消失，你只能想办法穿过它

人生，没有轻易的放弃

只要坚持，就可以完成优雅的转身

创造永远的辉煌

卑微的爱也能在尘土里开出花

1

再次遇见夏莫是在扬州，那是苏可的家乡。整整隔了8年，在那个喧闹的KTV走廊，他们还是一眼认出了彼此。不同的是夏莫惊喜地叫出了她的名字，而苏可其实是记得他的，但她假装忘记了。

她怎么会忘记夏莫呢？大学里，他曾经是所有女生暗恋的对象，苏可也是喜欢他的，但年少的矜持和孤傲让她总是摆出一副清高的面孔。她记得最后一个暑假的前一天夜晚，他在书里夹了纸条，约她夜晚在操场见面。她去了，躲在树下的阴影里，看着他焦急地走来走去。后来她悄悄地走了，是怀着一种惆怅和忧伤离开的。夏莫的父亲是当地著名的企业家，而她，父母早亡，和多病的妹妹寄住在舅舅家，这样悬殊的境况，她又如何高攀得起！

为了生存和赚取妹妹的医药费用，她去了南方，干过最脏最累的工作。当她在一家私企做秘书的时候，被部门经理灌晕了送到了合作公司一个老总的床上。她赤身裸体地醒来后，拉开窗户要跳楼。对方很轻蔑地甩过厚厚一沓钱，她痛哭流涕一番，最后还是擦干眼泪接受了现实。

后来，她离开了那家公司，直接堕落到一些风尘场所。老罗是一个40多岁的男人，他把她包了下来，给她一张永远都刷不完的卡，常常带着她去消遣，去不同的城市旅游。

老罗准备在苏州开一家分公司，他每天晚上都出去应酬。苏可白天在酒店睡觉，夜晚就一个人去酒吧、喝酒、跳舞。苍白的容颜，长长的褐色卷发，柔软的腰肢，冷漠得像蜷起来的刺猬，尖锐地拒绝掉所有的挑逗和搭讪，她不想让自己太麻烦。

一切直至再次遇见夏莫。

2

夏莫是来参加一个朋友的生日聚会的，在走廊里和喝醉了酒找不到卫生间的苏可撞到了一起，他惊叫一声："苏可！"声音有些颤抖的惊喜。苏可抬头，夏莫修着平头，穿范思哲的休闲装，更加英俊成熟了。

她有片刻的恍惚和惊异。

夏莫开着一辆白色的本田。送苏可回酒店的时候，他问起了她的近况。她略略思考了一下说，在深圳一家外企做销售，出差回来的。他说："我现在没有女朋友，可不可以重新约会你？"

苏可笑了笑，拉开车门后，她还是转身接了他递来的名片。她心里有一种暖暖的感觉。

每天晚上，夏莫都等在酒店的楼下，带她去吃饭、唱歌、喝茶，然后规规矩矩送她回去，这样坚持了一周。他一直都是清澈温和的，看她的眼神像一片深蓝色的天空。看到他的时候，她会突然觉得心里的时光如潮水退却，忍不住涌动着温柔酸楚的感觉。

但苏可一直不冷不热地对他，她希望他消失，又希望他永远这样。

3

一周后，老罗返回深圳办理一些手续。苏可有了更多自由的时间，和夏莫吃饭的时候，他忽然长久地凝视着她说："真希望每天都看到你。"他的眼睛写满了真诚和爱怜。

没有来由地，她的心脏像被什么紧紧拽了一下，然后，她忽然小声说："带我走吧。"

她看见他微微怔了一下。沉默了半晌，他说："你醉了，早点回去休息吧。"然后一言不发地把她送到酒店门口，看着她跌撞着进去。

苏可躺到床上的时候，还充满了羞辱感。后来，她忍不住发短信给他："我是一个让你失望的女人，把我忘记吧。"几秒钟后，他回过来："小可，你一直是我心里最高贵的女人，我一直都没有忘记你。"

她不相信地再问："那你刚才为什么拒绝我？"他答："小可，我喜欢你，希望能把最美好的时刻留在娶你的时候。"她再次泪如雨下，身边的男人来去如云，他们都不过贪恋她的身体，一场金钱交易过后，互不相识，从来没有人这样干净、纯粹地对待过她。她的伤感再次涌起。

妹妹再次打来电话说，又看中了一款车子，希望她能尽快寄钱回来。苏可终于愤怒起来，一年前她就凑够了妹妹手术的费用，而后又给她买了一套小房子。除了身体有些虚弱，妹妹和常人无异，但是却长久习惯了在经济上对她的依赖。妹妹根本不问她怎么样获得那些钱，只知道伸手要，并且越来越过分。

苏可第一次用了冷冷的口气对妹妹说："我欠你的，已经还完了，以后你要靠自己生活。"不等妹妹叫嚣，她重重挂断了电话。她已经26岁了，再不为自己打算就没有时间了。

她想了很久，还是决定同老罗摊牌，然后洗尽铅华，嫁给夏莫做一个良家妇女。

4

在老罗返回的前一天，她去了夏莫的家里，见到了两位盛装威严的老人。夏母在吃饭的时候闪动着精明的眼神不停盘问着，她卑谦而小心地回答着。整个场面沉闷而压抑。她看着夏莫歉意的眼神，还是咬咬牙回应他轻松的微笑。

饭后，夏莫善解人意地带她出去，把车停到了一个小区旁边，然后领着她进了一套刚刚装修过的房间，紧紧拥着她说："小可，知道你大约不习惯和老人住，结婚后，我们就搬出来住。"她理解地环着他的腰，他的呼吸急促起来。她抬起头，他就势吻住她，心快要跳出胸膛。他喃喃地说："小可，我们马上就准备结婚的事情。"她嗯了一声，两个人很快纠缠在一起。

……

老罗回来后，苏可提出了离开的要求。老罗愣了一下，他说："你是不是爱上了另外的男人？"她沉默了一会儿，摇了摇头，她知道老罗是个占有欲和报复欲极强的男人，她不想给夏莫带来伤害。

老罗冷冷地扑上来，他说："想离开也行，再陪我一个月就放你走。"那张有皱纹的脸在她眼前放大……

第二天，老罗说有事，仍将苏可留在了"老家"，自己去了外地。苏可忍不住心潮涌动，她立刻去找了夏莫。只有和他在一起，她才会有纯真的幸福感。

几天后，老罗返回，破天荒带她去参加一个宴会。她恹恹地拒绝，老罗有些高深莫测地说："宴会结束后，你就可以决定自己的去留。"

她去了，然后，她看到了老罗宴请的客人居然是夏莫的父亲。扭转头，她看到老罗阴森的笑容。这个男人，原来，早就查清了一切，故意整治她来的……

她的大脑开始窒息，在不支昏倒的前一刻，她看到夏父轻蔑厌恶的眼神。

醒来的时候，她已经回到了酒店的房间里，手机里有两条夏莫的短信，他说："我可以接受你的贫穷，却不能接受你是这样的女人，我们家是有声望的，不可能娶一个这样的女人。"他还说："如果你是一个清清白白的女子，该多好啊。"

苏可呆呆地看着短信，没有言语，没有眼泪，不吃不喝，昏昏沉沉躺了三天。老罗一副志在必得的样子说："过去的事情我可以当作没有发生，只要你继续留在我的身边，我还是会一如既往地养着你。"

5

苏可是在老罗出门办事的时候消失的。除了她来时的衣服，她什么也没有带走。

一年后，夏莫带着新认识的女朋友去商场购物。那个家世清白的女子不厌其烦地试穿着，他便待到旁边休息处看电视。新闻上报道了一宗刚刚破获的凶杀案，一个年轻的女子一月前的夜晚在郊区被抢劫并被杀害。据凶手交代，女子开始很配合地交出所有财物，却因坚决反抗性侵犯而导致被杀。新闻还说，据查女子姓苏，生前曾做过按摩小姐，并被人包养过，如此坚决反抗真是令人匪夷所思。

电视上的镜头一晃而过，夏莫还是看见了一张苍白熟悉的脸……

他像傻子一样看着画面，心像刀割一样疼痛起来。新女朋友不知什么时候已经站到了身后，说，这个女人真是神经病。夏莫无端地恼怒起来，他狠狠推开她，头也不回地下楼去了。

没有人看见，他的眼泪大滴大滴掉下来，滴到地上，那些被沾湿的尘土，像开出了朵朵碎花一样。

范思哲香水的味道

1

凌晨两点半，窗外有雨打树叶的声音，让这样漆黑的夜晚显得更加寂静。他起身穿好衣服，在我的额头上轻吻了一下。“你为什么从来都不挽留我？”他把脸逼过来，“你到底有多冷漠？”我转过脸起身，拉开窗帘的一角，轻轻地说：“起风了，好冷。”空气中流淌着一股泥土的苦涩清香，我感觉到他的身体因为愤怒而微微颤抖。

他开门离去，没有再回头看我一眼，空气中有熟悉的范思哲香水味道。在这场危险的游戏里面，这个叫墨白的男人注定是个失败者，我在黑暗中轻轻发笑，眼神依然是淡漠的。我是个聪慧的女子，有着一张无懈可击的脸，这个男人散发出来的对我的沉迷，让我发笑，也让我不屑。我知道，我不会爱上他的。我恨他。但是我爱他身上范思哲香水的味道。总是让我想起一个人，一个叫辛沁的女人。

清晨，墨白开车来到他给我租住的房屋时，看到的只是一封短信。我告诉他："墨白，如果你不离开那个被你称作妻子的人，我不会属于你的，我怀的孩子也不会属于你，你也不会是属于我的。"

我叫的士司机带着我漫无目的地兜了半天，实在是无处可去，便又返转到租屋对面的酒店。我在酒店里开了间正对租屋窗户的房间，拿着望远镜恣意欣赏着对面墨白独自一人失落的姿态，然后我一扭身便可以看见镜子里自己苍白的脸，焕发着灼灼的光彩。我承认我这样的行为有些变态，但是我恨墨白，我要一点点地折磨他，让他痛不欲生。有的时候我甚至想实施一次谋杀。多少次我打开门，走到他的背后，都在默想着一个魔鬼抑或天使的动作。

我看到墨白坐在地毯上抽烟，一遍一遍地拨打着电话，我知道那是我关着机的号码。终于，他扔掉了手机，把脸埋到了手上。这个犯贱的薄幸男人，我知道他的眼里此刻肯定充盈着温暖的泪水。我再一次发笑，因了墨白这样的卑微。

当一个男人憧憬于一个女人肉体的时候，会骗自己说爱上了她的灵魂。等他得到了她的肉体后，就忘记了她的灵魂。墨白，或者，他就是这样对辛沁的。但是我不，墨白，你纵然得到了我的肉体，可你将忘记的是自己的灵魂。

2

在墨白的眼里，我是个叫程程的风情女子，我的简约与不肆意的纠缠让他迷恋。他说他爱我，有着在别人眼中有着所谓"恩爱家庭"的男人。他说他爱我，他每说一次，我都会笑一次，并且肆无忌惮，从来都不刻意避开他。这个贱男人，他还是一遍又一遍深情而又泛滥地说他爱我。哈哈，他当然不知道我对他的欺骗。

事实上我并不叫程程，也不是墨白巧遇的缘。这还得从辛沁说起，那个我爱得心痛的女子。

两年前辛沁从我身边不辞而别，我便发疯地寻找，没有她我存活不了。在一年前她终于来找我，却是身心憔悴，挺着个大肚子，她什么都不肯告诉我，坚持要把孩子生下来，偶然说过孩子生下来应该姓墨。可孩子还没生下来的时候，她在接到一个电话后便割腕自杀了。

我根据电话的号码找到了墨白。

3个月前在一次“巧缘”中，墨白认识了我。他不知道为了这次所谓的机缘，我守候了一个星期。他更不知道我倾国倾城的面孔下暗藏杀机，他不知道，他什么都不知道。他只会对我说：“程程，我要能够天天看到你。程程，我爱你。”他喜欢用范思哲香水，这种味道，我在辛沁的身上闻到过。

城市里处处散发着物质沸腾的气息，辛沁说过：“我们应该有很多钱，如果没有爱，有钱就可以，如果没有钱，爱便不再是爱了。”范思哲的香水，它或者不是富有的象征，但也绝对不是贫穷的标志。辛沁和我在一起的时候，我们住在廉价的地下室，睡晃悠着的坚硬木板床。我们都爱女人，也像所有女人一样，爱好一切奢华的东西。我对辛沁说：“我会照顾你，我们要相守到老。”她嗜爱香水，可是我们的能力买不起范思哲。

我想，辛沁，她一定是被墨白这个坏男人用范思哲香水哄骗去了灵魂。

我想我是爱范思哲香水的，因为辛沁喜欢。当墨白对我说“我很喜欢你，我可以给你租公寓，每个月给你生活费”时，我似笑非笑地看着他，没有说话，我知道我事实上是痛恨这种香水的味道。

3

秋天到了，天气愈加地寒冷，身上厚重的衣物也让腰部显得更加地突兀。我照样常常去酒吧，趴在吧台上一杯杯喝加冰的红酒，这个未成型的胚胎只不过是我报复墨白的一个筹码。墨白总是能在我醉意熏然的时候推门而至，他会把我的手握住，脸上写满了痛楚。

程程：“为什么你要这样折磨自己，跟我回去好吗？”

我把高跟鞋丢到地上，似笑非笑：“墨白，跟你回去何尝不是更大的折磨？”

这时候，他只能无语。

“你能放下你的妻子和她给予你的事业和金钱吗？”

他的忧郁和暴躁同时呈现出来，他抓住我的头发，把我从高脚椅上拖下来，塞进门口的本田里。

他又一次把脸逼过来：“程程，如果我真的把什么都放下了，你肯跟我走吗？”

他的手勒得我非常紧，眼神中有绝望的东西，我忽然感觉恐惧和疼痛。我哭了，然后奋力推开他，拉开车门向外跑去。

冬天到了的时候，墨白把一包简单的行李从出租车上搬到我的租屋里。

我不想知道他到底是怎么样下的决心离开那个女人，离开那些可以买很多范思哲香水的财富。他的放弃注定他以后要承担很多东西。

我只知道他什么都没有了，唯一有的是可以安稳地整夜躺在我的身边。而我居然能够安稳地一觉到中午。

床头桌子上有他留下的纸条：“程程，我去工作了，你起来后记得吃早饭。”明亮的阳光从阳台洒进来，餐桌上的热牛奶和面包散发出清香，一大瓶百合花上面还有未干的水滴。刚擦过的木地板是湿的，晒衣架上晾着墨白洗过的衬衣。

一切和以前都不一样了。我感觉到子宫里小生命在轻轻蠕动着，心里有暖暖的血液流动的声音，难道我会爱上他吗？

在大街上和人群里，我是这样年轻，青春如夏花盛开般绚丽，可那个能温柔采折的人只能是辛沁。

我清楚地知道，自从辛沁死后，我的一颗心便失去期待，再也受不起一个幸福未来。爱，婚姻，孩子，对于我这样的残缺的女人来说，多么地遥远和滑稽。

4

我想是时候了，我该离开这个地方，悄无声息地离开墨白了，在走之前我要把这个当作筹码的孩子拿掉了。因为我并不爱他。

我在墨白上班的时候去了一家医院。这是个并不景气的医院，走廊上有零落的人来回走动。在踏进手术室的那一秒钟，手机响起，墨白的声音很兴奋：“程程，明天是你的生日，我已经请了假带你去苏州旅游。”

我犹豫了片刻，把伸出的腿挪回来。我对医生说：“我不做了。”

苏州一直是辛沁神往的地方，我没能带她去，却被墨白带着我去了。

火车摇晃了14个小时后终于到了苏州。

第一天在旅游团的带领下游览了拙政园、留园，园林里盛开着满地的梅花，在这样寒冷的冬天，我感觉到万物生机。“从来没有体会到原来生命是如此地美好，”墨白在身边一直看着我，他说，“程程，你知不知道你笑的时候有多好看，我真的希望一辈子都这样下去。”

我什么都没说，不能确定自己的意图，真的只是因为对辛沁的爱，和对墨白的报复吗？我忽然感觉累了。

墨白拿着相机给我照相的时候，我站在梅花丛中，眼睛有微微眩晕，他笑着凝视着我。这一刻我的心平静而安详。

在虎丘塔前，一位失去双腿衣衫褴褛的老妇人席地而卧，面前一个豁了口的破碗，里面零落地有几个硬币。墨白说：“现在开始我要为我们的孩子积德祈祷，希望他平安健康地来到人间。”他松开紧握着我的手，掏出钱包，随手抽出几张纸币，连数都没数轻轻塞到老妇人的手里。然后轻轻挽起我的手，若无其事地向前走。

我的心轻轻跳动了一下，不由自主地拉紧了他的手。

5

下午别人都去游历苏州古镇的时候，我的神情开始恍惚，总是感觉耳边有辛沁轻轻唤我的声音，一遍又一遍。我的体温也有点升高，便和墨白提前回到安排的房间里。

半夜，我开始做一个冷的血色的梦，我在梦中把怀孕的辛沁推向窗口，墨白在旁边讪讪地笑，他的牙齿獠长而阴森。然后一种很凄厉的笛音响起，我在墨白的怀抱中猛然惊醒。房间的空气中弥漫着熟悉的香水味道。

墨白还在恬睡中，眉头微锁，多日来的动荡在他脸上留下的疲倦似乎没有消退。我知道我的心，已经背离了原来的轨道。我已经不可自禁地爱上了这个为我放弃一切甘愿贫穷的男人。尽管他以前负了一个叫辛沁的女人，尽管我恨他。

我哭了，把眼泪都滴到他的脸上。墨白惊醒了，他抱住我，憔悴而温暖的脸紧紧贴住我："你怎么了，怎么了，程程？"

我说："墨白，如果有一天，我和孩子都离开这个世界了，你会怎么样？"

"傻瓜，我要照顾你，我们一辈子都会相守在一起。"

"可是，"我愤怒起来，"墨白，曾经有个女子这般依赖你，你为何对她如此地无情？你抛弃她，让她伤心地选择死亡。"

"你在说什么，程程？"

"辛沁，你记得吗？还有你的范思哲香水。"我终于把那些埋藏已久的阴暗往事抖搂出来。身体因为愤怒和绝望而发抖，我把被子拂落在地上，在一片狼藉中疯笑，抑或痛哭失声。

墨白因为惊诧而失语，颓然坐在那里。

黑暗中我居然看见辛沁，她从窗外把头伸进来，竟如同一个闪光的魔咒。我眼前的泪水从黑色辨析成一种透明。

"辛沁，我没有爱上墨白，没有，我不会让他再伤害你了。"

辛沁笑着，她向我伸出手："过来，你该回家了。"

我知道我无法逃避了，辛沁抑或墨白，我绝望而羞愧，我疲倦了，没有力气了。

我冷漠地看着外面，不自觉地走向窗户，恍惚如同本能的驱使。

"不，不，不是那样的，程程！"在墨白扑过来之前，我已经打开窗户一脚跨了出去。

我紧紧闭上眼睛，没有辛沁的脸，终于什么都不用看见。在落地的前一秒钟，我听见墨白最后急急说出的那句话，他说："程程，最后一次打电话给辛沁是告诉她，她爱的那个男人，我的哥哥墨谰出车祸死了。"

空气中范思哲香水的味道在弥漫……

男人都爱红玫瑰

1

李格上班的第一天，就在信箱里发现了几封信，信封上写着“陈诚收”，都是同一个女子娟秀的笔迹。那时，李格刚刚被委派到苏州做区域经理，公司按职位分给每人一个私人信箱。他有些好奇，网络时代，居然还有人用这样老土的方式。他查了下人事档案，发现上一任经理就叫陈诚。秘书说，陈经理娶了副总裁的女儿，所以高升到北京总部了。

一周后，女子的信再次寄来。他自认是磊落的君子，私拆他人信件是不道德的，可取消会议后的下午确实无聊，他禁不住好奇心还是小心翼翼地拆开了。信是一位叫玫瑰的女子写来的，她在信中诉说着对陈诚的关心和挂念，嘱咐他应酬的时候少喝酒注意身体。她说她想他，还有些委屈地抱怨说他很久都没打电话给她了。

最后一封信，玫瑰说，她辞去了模特的工作，已经到了苏州，在珠江路开了间叫作彼岸的咖啡厅，如果有空，让他去找她。

生活过于一成不变，而他又太好奇，所以，他就去了。他很想知道，到底是怎么样的女子，居然写出这样娟秀而温情的字。

李格在晚上去了彼岸咖啡吧。这里几乎没有客人，在昏暗的灯光下，他看到吧台后面一个惹眼的艳丽女子正在磨咖啡。她有着大而深的眼睛和突出的颧骨，媚眼如丝，转身的时候，背后有漂亮的蝴蝶锁骨。他目不转睛地看着，大脑里闪现出一个词语——惊心动魄，他觉得用来形容她的美，最合适不过。

2

有时候，人的直觉是很准的，他认定她就是玫瑰，那个写信的女子。

他叫了杯黑咖啡，女子亲自端了过来，并且亲切地问他："一个人吗？"他有些受宠若惊地说："是啊。"她笑笑，说："黑咖啡相对要苦，但品尝苦的时候又会感觉它的醇厚流过心的甜。"

说这话的时候，她的脸微微仰起，眼角眉梢都带着叛逆和倔强，那是一种风情女子独有的沧桑味道。

他的心一时间有种微微的、恍如隔世的眩晕。多年前，他曾经向往过这样一个女子，她是学校里最叛逆的典型，穿吊带装和短裙，抽烟，涂鲜艳的口红，跟着一群痞子去看录像。女生都不屑与她为伍，但是这不屑明显带着忌妒；男生都喜欢贬低着谈论她。他是喜欢她的，但他从来没有表现出来，因为，他是一个好学生。

时至今日，这个女子让他再次领略到那种奇异的、叛逆的气息。他感觉到有温暖而新鲜的血液轻轻渗透心脏。

他想起某个同样如玫瑰一样美艳的女星，大约美艳的女子都是会让男人贪恋的吧。他在心里隐隐有些忌妒，那个叫陈诚的男子。

3

咖啡吧 10：30 就打烊了，李格结账出门的时候正下着雨，他索性坐到车里等在门口。半晌，女子出来，正惆怅地看着天空的时候，他把车开过去摇下车窗，他说："玫瑰，我送你回去吧。"

她转头看他，大约在吃惊他怎么知道自己的名字吧。然后她笑了，轻车熟路地打开车门坐上来，说了一个地址。他原以为她肯定会拒绝，但她这样随便就上了陌生男人的车，让他又感觉到她的轻浮。

等到了她的楼下时，他反倒一点念头都没有了。他说："我就不送你上去了。"她忽然转身抱住了他，李格惊了一下，她的吻就迎了上来，这样美艳的女子，他真的无法拒绝。久久，他随她上楼，门被重重合上，她一下子扑进他的怀里……

她的床很柔软，他说："我喜欢上你了。"她起身点燃了一支烟，她的脸上有凄艳的表情，带着一点绝望和迷茫。她说："你开的车，陈诚以前也开过，那是你们公司配给区域经理的。"

她说："你一定是收到了那些信，你一定很好奇，我和陈诚之间，到底是一个什么样的故事。"

他茫然地点头。是的，他的生活一直很平静，像一潭死水。他也好奇，这样美艳女子的人生，到底充满了什么样的传奇。

4

玫瑰和陈诚是青梅竹马的邻居。大学二年级时，陈诚的父母出了车祸，玫瑰提前退学打工供他毕业后直至考研。这是一个俗套的现代版陈世美故事。女子的力量是薄弱的，为了赚钱，玫瑰端过盘子，做过模特，还傍过富翁。她一直以为，她是为了他，这一切他都能理解。

开始，她来看他的时候，他还是惊喜而欢愉的。他开着车带着她去兜风、逛街。可是，陈诚毕业后渐渐融入社会高档阶层，生活境界和审美眼光都有了重新的定位。最后一次欢爱时，他说："对不起，我们必须得分手，因为很多人都知道你的过去，我现在的身份只能允许我娶一个家世清白的女孩。"

玫瑰是个骄傲的女人，她沉默地离开了。她爱他，但她绝对不会用爱的名义去纠缠他。怀念他的时候，她会像以前一样写信寄给他，那是他们延续了多年的思念方式。他曾经说过她写字好看，而她认为写信比电子邮件更为温情。

他娶了别人，并迅速离开了她的视线，她不是不知道。但是，她依然固执地用写信的方式延续着自己的温情和寂寞。她在信中，一字一句，一笔一画，写下她对他的想念、问候、嘱咐、委屈、赌气，一如他们依然相爱。可是，男人是善变的，忠贞的永远只是女人的幻想罢了。

直至李格找来，他和他一样地中规中矩，一样地干净清爽，甚至开同一辆车。这一切让她再度苏醒而又沉迷，她知道，那个叫陈诚的男人不会回来了，这个叫李格的男人，却再度点燃了她的希望和身体。

5

李格紧紧抱着她说：“你这样美丽的女子，他没有珍惜，是他的损失。”一句话，深深打动了她的心，他说：“我爱你，我爱上你了，以后，我会好好地爱你。”

她轻轻叹口气问他：“你能爱我多久？”他不知道该如何表达自己的爱情，只好一遍遍亲吻着她。她带给他的激情，让他有一种巨大的幸福。他想起他身边的一些同事、同学和朋友，他们穷其一生都生活在办公室和格子间里，见的也是一些平凡的良家妇女和犀利的白领丽人，生活无风无浪，机械而呆板。

不是每个良家男人都有机会遇见美丽而艳情的女子，如果天使知道魔鬼的快乐，他也会选择堕落的。

他每天晚上都去她的咖啡吧，她亲自煮了咖啡端上来，两个人一边喝咖啡一边聊天。在又苦又香的味道中，她常常会给他讲一些咖啡的物语。时间就这样一天天浓烈地消逝着。

一段时间后，李格开始频繁地出差，有时候还常常关机。一天夜晚，她终于打通了他的手机，她说，新进了一批咖啡豆，专门为他挑选了一个摩沙咖啡壶。她的声音有些沙哑，带着她的期待。他听到电话里夹杂着汽车和行人的声音，心里忽然无限伤感起来，但他只是轻轻嗯了一声，便挂断了。

回来后，他迅速去人事部办了交接手续，然后去了她的咖啡厅。她调制了一杯咖啡，他喝了一口，问她这是什么咖啡。她轻轻地说，巴西山度士。

她说，爱情有时候就像巴西山度士，不是一次就可以尝尽它的味道的，但是，这是多年以后都会怀念的一种感觉。

有人在叫着埋单，她过去的时候，李格还是看到了她的眼泪。原来，她已经知道，他要离开。

6

李格在本地的工作已经结束。他从来没有告诉她，自己会爱她多久，因为他不知道该如何告诉她。他想，他也是一个自私而庸俗的男人，和她爱过的那个男人，没有什么区别。

他们这样的男人，自小就循规蹈矩，安分上学，不早恋，心中充满骄傲，大学毕业后找到体面工作，谈论的是商业与股票，谈婚论嫁的也是颇有家世背景的优雅女人。

他们一尘不染地生活着，午夜的梦中，常常渴望一场艳遇，一个美丽而风情的女人，用她充满烟火气息的身体，来照亮他们干枯的生活，拯救他们苍白的灵魂。就如同张爱玲笔下的振宝，娶了白玫瑰，白的便是衣服上沾的一粒饭粘子，红的却是心口上的一颗朱砂痣。他们羡慕《聊斋》里的宁采臣得遇小倩，可当一个这样的女子真的降临于他们的生活，他们会害怕、逃避。

这样的女子，爱情往往过于盛大。这样的男人，他们胆小、懦弱，他们承担不起。他们贪恋的，是对过去无法倒流的似水流年的挣扎，是叛逆女子给寂寞僵化生活带来的激活焕彩。

而一切，浅尝辄止，生活将会继续回到正常轨道。

玫瑰转身的时候，李格已经离开。门口有一辆车正准备把他送往机场，而另一个城市的机场，有一个简单而文静的女子，正等待着接机。

爱情从来不单纯，单纯的只是女人对爱情的幻想。

有些爱，会让你狠狠地忧伤

1

得知余安安回来的消息的时候，郑家明正在广州参加一个商务会议，他提前赶回了家。就在那天夜晚，他撞见了妻子陈雅与一个陌生男人在床上纠缠的情景，他的愤怒再也无法压抑，把带回来给她的香水、首饰狠狠扔到地上，而后摔门而去。

一直以来他都知道，陈雅在婚前就和一个已婚男人纠缠不清。男人不肯娶她，而她在家人的安排下嫁给了自己。陈雅是独生子女，她的父亲有一家很大的公司，而郑家明是一个从乡下考学走出来的穷小子。他一早就明白，婚姻在某种程度上来说是种交易，所以，他一直都忍受着陈雅的酒局饭摊，甚至彻夜不归，但他一下子还是无法接受，她肆无忌惮地带男人回家厮混。

他把车开到江边，静静待了很久，而后去了余安安的家。

老式的红砖小院在郊区是很常见的，院子里那棵泡桐树已经长到两人合抱那么粗了。大约有5年未见了，余安安早已不再是青葱的小丫头。她坐在院子里，黑色的紧身套裙，棕色的波浪卷发，身材纤瘦，看见他进来，笑容里有略带着长途跋涉后的疲倦。她是为父亲的去世而回来的。

她叫他："家明哥。"一如5年前般亲切，简单地寒暄后，她告诉他，这几年自己在深圳一个大公司做业务，工作很轻松，经常有机会出国游玩。郑家明轻笑，他无心考证这个只上到高中，父亲就遭遇车祸一直瘫痪在床，靠她外出打工养家的女孩是怎么样在大公司站住脚的。

他想起几年前，他和她的哥哥，也是他的同学，因离家远，周末到她家里蹭饭，这个情窦初开的小女孩，总会偷偷在他碗里埋一枚鸡蛋。那时的余安安，小小的脸庞，小小个子，他从来都没有注意过她。

而今的小女孩长大了，似一朵刚刚开好的花，浑身都有一种妩媚的美，让他忍不住心神荡漾。说到她父亲的病势，她的眼圈微红，他语无伦次地安慰她："都过去了，过去了，以后你再也不用那么辛苦了。"

安安愣了一下，目光变得茫然起来，而后也喃喃说道："是的，终于可以解脱了。"

2

郑家明一直开着手机，可等到黄昏的时候，陈雅的电话还没有打来。他以为她会道歉，请求他再给她一次机会，但没有，什么都没有。这个狡黠的女人，她一直都明白，无论她怎样背叛，郑家明都拿她没办法，谁让她有一个富有的家庭做后援呢。

郑家明的心情很沮丧，他觉得委屈、窝囊，可他更不愿意退让唾手可得的富贵。他站起身，请安安去旁边的面馆吃饭。5年前，安安离开的前一天，和她哥哥还有郑家明三个人一起，在这里吃过最后一顿面。也就在那天，安安第一次喝了酒，脸色潮红，像一朵娇艳的海棠。她递给他一本书，里面夹带着的一张纸条上写着："我很喜欢你，你知道吗？"

她走后，那张纸条的秘密就被他慢慢地淡忘了。可今日今时，再次步入这家熟悉的小店面，两人都有种隔世重逢的感觉。小店更加陈旧，老板也由当初的老太太换成了一个中年妇女，菜炒得很辣，面也很油腻，却让他们都觉得别有一番滋味。

要了几瓶啤酒，推杯换盏间不觉到了深夜。陈雅的电话还是没有打来，郑家明彻底绝望了。他看着眼前的余安安，这个娇媚的小女人，再一次在他面前生动起来。她一直都暗恋着他，而他，一直都知晓。

两个人都有了醉意，他忽地抓住了她的手。她的手很凉，微微颤抖着，然后眼泪落到她的手上。他说："安安，今天我不想回家了。"她点头，温顺得如同一只小猫，跟在他身后去了附近的宾馆。

她一遍遍问他："你爱我吗，你爱我吗？"他一遍遍回答："爱，爱。"激情就这样铺天盖地而来，让他感觉窒息。他渴望沉沦，就这样一直沉沦，可以让他短暂忘却那些窘迫的事情。

3

郑家明回到家里的时候，陈雅正在煲汤。她说："公司今天有个会议，你换件衣服去吧。"整个人波澜不惊，好像什么都没发生一样。郑家明满腔的愤怒一下子消失了，他不动声色地喝汤，而后换衣服去公司。

他的心中依旧是有怨恨的。陈雅却丝毫没有收敛的迹象，她甚至把买给情人的衬衣不小心遗落在家里。他的怨恨一波席卷一波，他决定找个机会给她点颜色。

一周后，他偷听了陈雅的电话，而后他带着岳父母去酒店吃饭，凑巧碰上他们。这次，他终于可以装模作样地提出离婚，且闹得沸沸扬扬。他知道岳父母丢不起这个面子，肯定是小心翼翼地劝和，最后他再委屈点头了。如他所料，陈雅果然循规蹈矩了许多。

几天后，下班回家的时候，郑家明开着车经过一条街的拐角处遭遇余安安。她换了蓝湖色长裙，像一团扑朔迷离的烟火，极具诱惑。她轻轻地说："我要走了，已经买了车票。"他哦了一声，不再说话。她有些不甘心地问他："你不劝我留下来吗？"他装傻，说："如果深圳有更好的发展，我不会阻拦你的。"

她急了："你知道的，只要你说一句，我立刻会留下来。"有时候女人真是傻得可怜，她固然是有些姿色，但怎么能同陈雅的千万家产相比呢？他有些不屑地说："我一早就告诉你我已经结婚了。"

她的脸再一次红起来，慢慢低下头，郑家明还是看见了她眼角隐约的泪光。她再抬头的时候，已经恢复了常态。她告诉他，车票是明天下午3点的。见他不语，她终是再次不甘地问了一句："我知道你在闹离婚，是因为我吗？"

郑家明摇头，他不想她因误会自己对她有情而纠缠他。他很平静地告诉她："安安，我一直把你当妹妹，那天，真对不起，我喝醉了。"

余安安忽然笑了，她说："不用辩解了，我知道的，不然，为什么不早不晚，在我回来的时候，你闹离婚？"而后，不等他回答，转身快步离开了。

余安安走的时候，郑家明没有去送她。他刚刚稳固的婚姻，不想节外生枝。她也没再同他联系。

一直到一个月后的下午，郑家明正在同几个朋友打牌，意外地接到了她的电话："想找你借点钱，我遇到了一点小麻烦。"

"你需要多少？"郑家明的语气无端不耐烦起来。

"一两千。"她回答得有点讪讪的意味。桌子上有刚赢回来的钱，大约有3万多，此刻分外扎眼。郑家明沉默了一下说："安安，对不起，我是个俗气的男人，对于我来说，牵扯了金钱，就难再有真情了。"

电话那端有片刻的停顿，最后她说："我要保留真情的机会，我会想其他办法的。"

郑家明知道，他再一次伤了她的心，可他宁愿用绝情来避免她有可能认为的暧昧。

4

陈雅的表弟林海是个标准的花花公子，喜欢大谈自己在酒吧和网上的一夜情经历。郑家明很不喜欢这样的人，却不得不同他维持好关系，因为岳父的一句"要多带他历练一番"，他不得不在去深圳出差的时候带上他。

因为没有直达的飞机，他们坐的是卧铺。就在那天夜晚，林海已经睡熟，郑家明再次接到余安安的电话。他很生硬地问她有什么事情，她支吾了一会儿，重重呼了口气说，算了，没有什么事。

他心里一动，想起余安安的大哥前几天刚犯了点事。他的大脑像罗盘一样感觉到一种信息：安安又准备找他借钱。这个念头再一次让他感觉陷入了一个纷乱不清的旋涡，难道她以为她主动献身的一夜情，是一种换取金钱的交易？

郑家明开始愤怒。他抑制住自己的情绪，让自己尽量平静，对着电话说：“安安，我正好也有事找你，你能不能借点钱给我？”

余安安的语气略带吃惊：“你要多少？”

“两万。昨天体检说心脏有点问题，大约要进一步检查，你也知道我的婚姻有点矛盾，我手头也没那么多钱。”郑家明尽量让自己语气装得像一些。

“那好，你等几天，我凑凑，不见得有那么多，我会尽力的。”她没有再问他其他的，就挂了电话。

到达深圳的时候是下午，和对方公司接洽一番后，他们就吃饭回到宾馆休息。闲寂无聊的林海开始在手提电脑上勾搭女人，等郑家明洗完澡过来的时候，显示屏上已经是一个女人饱满的胸部。林海笑嘻嘻地喊他过来看，说是一夜情聊天室里搭上的。他瞥了一眼，看不见脸，那个女人的胸部居然有种熟悉的感觉，特别是右边一颗米粒大的痣，好像在哪里见过。

林海央他回去后关照着不要说出去，而后就带着自己的衣物乐颠颠重新在隔壁开了个房间。半晌，他听到了咚咚的敲门声，他厌恶地用被子把头盖住睡了过去。

第二天早上，他去隔壁叫林海，却发现他的房门虚掩，林海正昏然大睡。屋子里却狼藉一片，所有值钱的东西都不翼而飞了。显然，这是那个一夜情女子的骗局。

在他的强烈要求下，林海才去报警。警察问询的时候，林海回答女人不准他开灯，中途倒了杯水给他喝，而后他就昏睡了过去，根本不知道她的样子。倒是郑家明详细告知了女人胸口有一颗痣的微小细节。

5

三天后，警察告知嫌疑人被抓住了，并说这个女人是个惯犯，半年前已经洗手了，这两天却忽然接连作案，最终被抓。他们还特别感谢郑家明提供的细节，让他们去认领失物。

隔着审讯室透明的玻璃，郑家明一进去就看见了那张熟悉的脸。尽管她低着头，他还是认出了是余安安。他突然想起了那颗痣，怪不得觉得熟悉，因为他在余安安身上见过。

他仓皇转身离开，等林海认领完失物后，顾不得参加合作公司安排的宴会，当天就急急赶了回去。

回去后的第二天，他像往常一样去公司上班。上午 9 点钟的时候，邮差送来一张浅绿色汇款单，数目两万元，汇款人余安安。郑家明呆呆怔立，恍恍然然半天回不过神来，心里有种莫名其妙的忧伤如野草般疯长蔓延。

他想了很多事情。他知道如果不是自己找她借钱，或者她就不会重蹈旧途，也许就不会被抓住。他就这样坐着，动也不动，直至烟头燃尽烧延至手指，痛彻心扉。

坚硬如郑家明，此刻，再也忍不住泪流满面。

不要认为后面还有更好的
因为现在拥有的就是最好的
不要认为还年轻可以晚些结婚
爱情是不等年龄的
其实对于爱情，越单纯越幸福
经历的太多了，会麻木
分离多了，会习惯
恋人换多了，会比较
到最后，你不会再相信爱情
你会自暴自弃，就这样过一辈子
请你跟我将错就错吧

致命短信

1

对于婚姻和情爱，29 岁的苏蓝有着自己独到的见解和领悟。她觉得婚姻应该是小桥流水家常温暖的，就像她和肖志，她习惯了拥抱着他入睡，嗅着他的气味就觉得有一种安心的妥帖。而对于情爱，她在婚后同另一个叫方小天的年轻男人在一起有过悱恻缠绵的纠缠，她觉得这是一种对女人身体的调剂和享受，无关爱情。

结婚 3 年，苏蓝一路直上，做到了公司的销售部经理，而原本在一家企业做副总的肖志却下岗了。苏蓝一直安慰他说：“我一个人的薪水就足够生活了，你只要打理好家里就行了。”一直找不到合适工作的肖志待在家里养花弄草，还收留了两只流浪狗，每天沉默着打理着家务。作为一个传统的中国大男人，苏蓝理解他的心情，所以她一般都是把家用开支的钱悄悄放在床头的抽屉里。偶尔亲密，他会折腾许久都不停息，仿佛这样就能表达他作为一个男人的能力。而每每这时，苏蓝都会闷声不吭地承受，她觉得如同嚼蜡般疲倦。

方小天是公司刚招的一个大学生，年轻帅气，被分到苏蓝的部门做销售。第一次做策划书的时候，他在重要数字上出了错误，开会时苏蓝没有挑明，下班后才把他叫过去指点了一番。而后，他看苏蓝的目光就多了一些其他的东西，钦佩、折服、欣赏……还似乎多了些暧昧。后来，在一次出差的酒后，不知是谁先主动的，两个人像干柴烈火一般，在一种各自陌生而又互相好奇渴望的强烈情欲火焰中燃烧起来。

办公室恋情本身是很多私企禁止的，办公室偷情更是一大禁忌。苏蓝事后也有些懊悔，但是方小天说："蓝姐，你放心，我绝对不会给你增加麻烦。"回来后，两人在公司照例不苟言笑，每个周末只要有空，都会去找个酒店约会。

那天苏蓝和方小天分开后，她开着公司配的车正准备回家，手机忽然响了两下，是短信的提示。她不经意按下查看："其实你早就不爱他了，为什么不离婚呢？我比他更爱你？"她吃了一惊，把车靠在路边再次翻阅一遍，是一个陌生的手机号码发来的，她记得方小天好像前几天刚丢了手机，这是他换的新号码？他们一般很少用手机联系，这也是苏蓝的谨慎之处，她怕有一天被丈夫看出端倪，从她手机的通话记录得到证据。可是，方小天应该不是一个愚蠢的人，他早就知道她有丈夫，他不是说过了不给她添麻烦的吗？难道，他爱上她了？这个猜测让苏蓝有些兴奋，又有点气愤！

苏蓝本能地拿起手机，想拨回去把方小天斥责和警告一番，但想了想，她还是放弃了。她想，不理会他，让他自己去反思吧。

晚上，躺在肖志的怀里，那种踏实而又熟悉的气味，让苏蓝忽然有了愧疚。她主动抱住了他，忍不住说了句："老公，我爱你。"得到暗示和应允的肖志立刻将她抱紧，那种久违的感觉，让苏蓝有点想哭。

2

整整一周，苏蓝都没有私下和方小天联系。她发现他开始有些急躁起来，在 MSN 上发了几次的问号。见她不理，又试探性地佯装送文件跑到苏蓝的办公室，正预备说什么，被她冷冷的"要开会"打断。方小天的神情有些无辜，还有些迫切和不安。这让苏蓝有些胜利的快感，游戏是有规则的，谁让他去破坏这个规则！

苏蓝感觉对方小天的冷处理是时候结束了。那天下午，她处理好手头的工作，闲暇下来她再次想念他年轻的身体。她正准备在 MSN 上给他留言，却再次收到那个号码发出的短信："你这样优秀的女人，为什么要屈尊嫁给这样无能的男人，快离开他吧，我是这样爱你！"

苏蓝再次气愤不已，这个方小天简直太过分了，他以为他是谁，他以为他的爱是什么，她和他不过是露水情缘。肖志虽然现在没有了工作，他们却是法律赋予的夫妻关系，纵然没有激情，却还有千丝万缕的亲情。这个方小天，当初怎么没看出来，他是这样愚蠢难缠的人呢！

她想了想，觉得还是应该警告他一下。她回拨那个号码，却是关机的提示。她余怒未息，快步走到方小天工作的大办公间里，却发现有其他的同事正挤在他的格子间修改资料，只好悻悻作罢。

周末的时候，苏蓝破天荒没去加班，看着家里围着她忙前忙后的肖志，心里第一次涌动起愧疚，带着亏欠和弥补，她又一次主动拥抱了他。

短信每天都会发来，每次都是在苏蓝上班的时间。甚至有个短信在苏蓝回家的路上发来，她还未来得及看，回家后恰巧被借用她手机的肖志无意发现。他立刻变了脸色，连看都没再看她一眼。苏蓝慌了，她只好装作很无辜、很愤怒的样子，要打电话到移动公司去查。肖志却拦住她淡淡地说，何必理这些无聊的人。

肖志的信任让苏蓝更愧疚，她再次紧紧抱住他，来掩盖与填补自己的过错。

短信一次比一次更加煽火，更加疯狂。内容还是贬低她的丈夫，表达自己的爱情。回拨过去，要么是被挂断，要么就是关机。这些疯狂的短信让她恐慌，同时滋生的还有对肖志的负罪感。这种复杂的感觉，让她每天都坐卧不安，回到家里必须紧紧抱着肖志，确认还拥有眼前的幸福。

3

苏蓝决定冒着被同事非议的危险和方小天谈谈。

她直接把他叫进自己的办公室。然后，她盯着他的眼睛，一直盯到他发慌，并忐忑不安地低下头，她这才冷冷地问:“你觉得你很爱我吗？”方小天有些意外，他抬头，多了底气，深情地说:“是的。”这让苏蓝更加确定了发短信的是他，她说:“你是不是非要把我逼得离婚了，你才甘心？”方小天有些诧异地说:“我没想你离婚啊！”苏蓝说:“那你到底想干什么？是不是想通过我竞争这次的经理助理考核？”方小天笑了，他说:“你怎么有些莫名其妙啊，我是想做经理助理，这样可以离你更近些啊！你要愿意的话，当然可以帮我一下呀。”

这让苏蓝更加确定了自己的猜测。她想告诫方小天彻底死了威胁她来升职的心，却刚好秘书敲门告诉她老总有事找，她只得让他出去。

苏蓝考虑了很久，她觉得方小天在自己身边会成为一个炸弹。说不准他哪天把短信发给公司的哪个人，也说不准哪天传到肖志耳朵里，到时候，不但她会失去工作，还会失去婚姻。她不想再继续这个游戏了，她决定把他清除。

那天夜晚，苏蓝开着车在方小天住的楼下等了许久才等到加完班的他。她示意他上车，然后把车开到一处僻静的河边停下。她没有提短信的事，直接开门见山："我希望你离开公司。"方小天吃了一惊："为什么？"苏蓝只好冷冷地说："你不离开，难道要逼着我离开吗？"方小天笑了，他说："做个女强人很累的，看你最近精神憔悴，要是真做了家庭主妇肯定会越来越漂亮的。"

一腔怒火再次奔涌心头，他胃口真不小，想挤走她坐上部门经理的位置。看来是谈不出什么结果，苏蓝怒哼一声，让他滚下去。方小天惊愕于她的态度，但还是一声不响拉开门下去了。

苏蓝看着他大踏步走在前面，他颀长的背影也能看出是一个英俊的男人。这样的情人真是可遇不可求，可惜，这个英俊的男人不甘于和她仅仅是一场身体游戏，他胃口太大，做事的方式太疯狂。苏蓝爱肖志，她不可能让方小天毁了自己的一切。

一切都是瞬间的事情，在方小天即将在一个路口拐弯的时候，苏蓝忽然踩动油门，狠狠撞了上去。

倒在地上的方小天口鼻都流出了鲜血，他抬手伸向她，最后，还是无力地垂下。她这才惊慌自己杀了人，她浑身颤抖胡乱打着方向盘向后退去，然后调头飞一般地奔回家里。路上行人稀少，她几次差点撞上街道栏杆。

她不知道该怎么办。她杀了人，现在肖志是唯一亲近的人，她要找他寻求解决办法。她哆嗦着手，开了几次门终于把钥匙插进去，她刚刚踏进屋子，手机再次响了起来，她受了惊吓般把手袋掉到地上。然后她发现，同时受到惊吓的还有坐在沙发上正在埋头发短信的肖志。他手里一个苏蓝从来没见过的黑色直板手机也一下子掉在地上，滑了几下，静静躺到了苏蓝的脚边。

苏蓝弯腰把手机捡起，手机屏幕上有一个还未来得及发出的短信。她轻轻按了一下发送，然后，她听到自己包里的手机嘀嘀响了两下。

肖志虚弱地说:“对不起……一开始我是怕你嫌弃我没有工作，发了短信试探。结果，每次你回来后都会主动和我……于是，我就上瘾了，希望用这个方式，让你一辈子都重视我……”

仿若被人迎面重重一击，苏蓝觉得眼冒金星。她瘫倒在地上，憋着一路的惊恐，连带那段时间一起的不安与愤怒，终于一下子悲恸地哭出声来。

坠落天使

1

刚上班一周，顾薇就发现自己是这家航空公司最漂亮的空姐。不仅仅一些男性旅客喜欢借故搭讪，让她留下联系方式，连公司最清高帅气的机长都主动邀请她参加自己的生日聚会。

对于这些明目张胆的示爱，在女同事们羡慕的目光中，她都一一拒绝。她们都觉得她假装清高。没有人明白，她虽然有着漂亮的外表，却无法享受正常的爱情。

10 岁那年，她穿了条雪白的连衣裙跟隔壁邻居的女儿玩，却被那个女孩儿变态的父亲猥亵，很长一段时间她都沉浸在巨大的痛苦和恐惧中。父母报案后，将邻居绳之以法，但她却从此陷入了一个莫名的病症中。她交了一个男友，两人情意绵绵，如胶似漆，却在关键的时候发现，总是在最后一步，她出现莫名其妙的痉挛，甚至疼痛到晕倒。

在实验了多次均失败后，男友黯然跟她分手，没有男人愿意守着这样一份爱情。她不怪他，只是从此对爱情不再期望。

那是一趟飞往昆明的航班，她在起飞后依次分发饮料，但不小心，随着飞机的一阵轻微震动，她手上杯子里的果汁一下子洒到旁边一个男人的身上。她赶紧说对不起。

男人大约30多岁，目光精锐，他冷漠地扫视了她一下。她心想这下完了，只要旅客投诉，她就会受到处罚。结果男人只是淡淡地说了句没关系，拿出纸巾轻轻擦了下，闭起眼睛打起了瞌睡。

之后，男人不再看她一眼。这勾起了她强烈的好奇心，她来回走动了几次，仔细打量着他。男人的穿着很考究，手边有一个黑色的密码箱，他没有放在行李架上，看来里面一定是贵重的东西，非常可能是一箱子钱。

飞机顺利抵达，中途有3个小时的休息时间。顾薇闲着无聊，就去逛一家土特产店。在返回时，下起了大雨，她站在路边许久，都没能等到车。

焦灼不已的时候，一辆黑色的轿车忽然停到面前。车窗摇下，是那个男人。他还是那副淡淡的表情，对她说："是回机场吧，我送个朋友正好顺路。"

她犹豫了一下，大脑里瞬间设想了N个被绑架、被抢劫、被拐卖的场景，但还是鬼使神差地上了车。除了男人外，车里还有一个抱着孩子的妇女。男人介绍说自已叫廖永年，在一家餐饮公司做采购。这个妇女是他二姐，乘坐顾薇那趟航班回去，请她多为照顾一下。

顾薇很礼貌地答应了，二姐随身的行李有些超载，不想托运，她就把一箱衣服加到自己的行李中顺利带上了飞机。起飞后，她借送餐之际，向二姐问起了廖永年，但是二姐的神情很是不自然，居然说自己也不怎么了解。

飞机降落后，二姐连个招呼都没打，匆匆下了飞机，让她心里觉得这个女人有些不懂礼貌。

两天后，她轮休时，意外在机场外遇见廖永年。他微笑地邀请她吃饭，说是谢谢她照顾他的二姐。

2

吃饭的地方在一家很精致的西餐厅。中途廖永年接了几个电话，都是生意上的事情，并且金额还很大，几十万或者上百万。听得她心里一惊一乍，眼前这个男人更加神秘起来。

同时萌生的还有一种莫名的忌妒感，他这样有钱的男人，什么漂亮女人找不到，为什么要请她吃饭呢？她提醒自己，不可能像别的女孩那样憧憬一份优秀的爱情，可此次却产生强烈的渴望和征服感。

后来他接了个电话，要他立刻赶过去。他有些歉意地提前离开，要了她的电话。

第二天，她刚去上班，就收到一束鲜艳的蓝色妖姬和一个漂亮的首饰盒。打开一看，是一条价值不菲的钻石手链，落款廖永年。同事们都惊呼不已，她的心里也是满满的甜蜜和幸福。

再次返航时，接到他的电话，她心里既惊喜又担忧，但还是去了。这次他带她去了他的郊区别墅，风景非常好，有整面的落地窗，客厅里放着绿色植物，阳台前还连接着一个花园，这样的房子曾经是她梦寐以求的。

她在房间里仔细观赏了许久，没有女人的衣服和化妆品，她的心里荡漾起小小的惬意和甜蜜。这次他直接深情地揽起她的肩膀说：“薇薇，做我的女朋友吧！第一次看到你，我就喜欢上你了。”

一种巨大的惊喜袭击而来，顾薇有些发昏，但还是很冷静地摇摇头。他急切地问为什么。她痛苦地摇头，起身想要离去。他忽然抱住她，急促而霸道地把她压倒在沙发上。她激烈地反抗，身体再次发生战栗和痉挛，她的反抗也因为内心的渴望而越发地无力。她忽然就昏了过去，他愕然而止。

等她醒来后，低低地告诉了他整个事情的原因，他沉默起来。她的内心再次涌动巨大的失落，她沉默地穿好衣服，准备离开。

她起身的时候，他忽然拉住她，叹口气说：“我帮你想办法。”

他把她抱到床上，用毯子裹住她，放了段轻柔的音乐。她闭上眼睛，听到他去了楼上的房间，而后又进来，有打火机点烟的声音，他把烟递到她手里要她吸一口。

她从来不抽烟的，但他劝她说：“试一下吧，能缓解神经紧张的。”她听话地吸了一口，立刻感觉想吐，但是接下来的感觉很奇怪，她吸第二口的时候，觉得浑身都很轻松，慢慢地好像在云端飘起来一样。

廖永年的手轻轻抚摸过来，非常地温暖，温暖得让她忘记了一切的疲惫和顾虑，只觉得想要睡觉。在半梦半醒之间，他的吻覆盖过来，柔柔的音乐伴随男性独特的气息，让她忍不住血脉偾张，一种从未有过的欲望悸动起来。

她彻底放松下来。她第一次发现，那些消失已久的热情终于被点燃，她由最初的被动，变得主动，一种真正的充实彻底填充她和灵魂。

她的眼泪一下子宣泄而出，欣喜而激动。

3

廖永年对她很疼爱，为她买高档衣服和化妆品，甚至还买了一辆车给她开，却不让她辞去工作。他说：“我的生意很忙，你要是没有工作闲在家会很闷的，等我把今年的业务都安排妥当，我们就结婚。”

她迷恋跟他在一起，每次他都会点一支香烟让她放松，而后在那种飘至云端的感觉中进入高潮。每次他出差前，都会给她留几包香烟。他嘱咐她不要抽太多，精神不佳的时候可以抽一支缓解压力。

具体忙什么他不说，她也懒得问。偶尔，他会让她飞昆明线的时候带回一些土特产，他说那地方有一个朋友，生意很忙，来回一趟不方便。

那些土特产偶尔是一箱子水果，偶尔是一些衣物。有次，她还带回三个云南姑娘，说是朋友的亲戚出来找工作的。

半年后，顾薇带回一箱子木瓜。她刚刚到机场交给一个廖永年公司的业务员，一批便衣警察一下子就涌了出来，把他们按倒在地。在她还没明白怎么回事时，他们就从木瓜里剖出大量的用塑料袋装的白色粉末。

她的大脑一片空白，接着很快就明白是怎么回事了。

她彻底瘫痪倒地。她想起那些让她放松的香烟，终于明白是怎么回事了，之后在公安局里的尿检也证明，那些烟里都掺了白粉。

那一刻她想死的心都有了，没有一丝的挣扎，她把所有知道的都供了出来。之后，警察告诉她，廖永年所有的资料都是假的，包括那套别墅也是租来的，他实际是本地最大的毒枭。但是这次抓捕，又被他侥幸逃脱了。鉴于顾薇的配合和她事先确实不知情，劳教 3 个月后，她戒掉毒瘾被释放。

出了这样的丑事，航空公司已将她除名，她成了那些曾经羡慕和忌妒她的人如今茶余饭后的八卦和笑料。甚至一次，她在街上遇见那个曾经追求她的机长，那个男人像见到鬼一样绕道逃走。

她的父亲获知这样的事情，气得心脏病发作，不久去世；她的母亲悲泣着跟她断绝关系。那天夜晚，她一个人喝了一打啤酒，一边喝一边哭。然后，她跑到江边，一跃而下。

恰好一个开出租车的司机从旁边经过，救下了她。那个叫顺子的司机把她带回家，她住到他简陋的房子里。几天后，她得知他是从农村出来打工的，性格憨厚木讷。

放在以前，她是光鲜靓丽的空姐，多少优秀的男人趋之若鹜，眼前这样的男人她看都不会看一眼的。可现在，只有这个男人正眼看她。他不问她的过去，忍受她的神经质，为她做饭洗衣，买她喜欢吃的零食。

她主动嫁给了他。因为她知道，她这辈子已经毁了，能有个男人娶她，已经是莫大的恩赐了。

一年后，她生了个女儿。女儿生下的那天，顺子无意中买了张彩票，居然中了 500 万。于是，顺子就觉得顾薇和女儿是他的幸运神，他用那些钱开了一家很大的汽车维修中心，生意越来越好，他对她们也越来越好。

有保姆照顾孩子，顾薇开了家花店打发时间。日子忽然时来运转，她的母亲年纪大了，原谅了她的一切。一家人和美而幸福，很多个时候，看着女儿在眼前快乐地奔跑，顺子满脸满眼的爱意，她都觉得一切都美好得不真实。

4

一天下午，店员小妹去送货，她正在花店修剪花草。一个戴着墨镜的男人忽然进来了，他摘掉墨镜。她忽然就屏住了呼吸，尽管，那张脸已经不是当初的，但她认得那个眼神，是廖永年。

他说："我整了容，改了户口身份证，这几年我赚够了钱，我一直忘记不了你，我要带你走。"他伸手拉她，她像被电击一样向后退。

他轻轻地说："没有我，你不寂寞吗？那个男人根本不了解你，你考虑一下吧，我等你。"

他临走前留下一个地址，是一个酒店的房间号。

顾薇茫然地坐到椅子上，她想了许久，她知道，这个人完全有能力让她失去眼前的一切。上帝刚刚让她的生活有了希望的开端，却又来一道黑暗的转折。想起女儿可爱的笑脸，她忍不住泪如雨下。

晚上，她给顺子打电话说要跟朋友逛街。而后，她来到那家酒店。

没有过多的言语，她站在他面前。他起身把她压到床上，为她点上一支烟，她毫不犹豫地接过抽了起来。

那种久违的欲望再次涌动，她闭上眼睛，身体慢慢飘荡起来……

当他终于虚脱着翻身躺到一边，并发出轻微的鼾声的时候，她轻轻起身，拉开自己的手袋，从里面拿出一把锋利的水果刀。然后，她咬着牙，举起刀，朝他的心脏狠狠扎了下去。

平时连鸡都不敢杀的她，此刻把全身所有的能量都聚集在一起，一刀刀扎下去。由于一切都没有预兆，他吃惊地睁开眼睛后，已经没有了还击和躲避的能力。他张开嘴巴，想要努力发出声音。他伸出手，想要抓住什么。空气中，除了残留的一丝情欲气息，只有刀子扎进肉体发出的噗噗声音。

当他的头终于重重歪到一边的时候，她才感觉到冷，浑身颤抖。她踉跄着走进卫生间，把身上的血冲洗干净。

然后她平静地穿上衣服，拉开窗户，迎着微风，纵身一跳。19楼的高度，飞翔的瞬间，她看到女儿和丈夫。她想，只要他们幸福平安，她才能感觉到真正的轻松。

此情无关吉卜赛预言

1

米娅再次进入那个神秘诡异的梦。棱角鲜明的混血吉卜赛女郎的眼睛散发着蓝色的诡魅，她手中的水晶球通体透明、简单静默，却在刹那洞悉一切，预知后事，显示出血腥的一幕。这令米娅惊恐万分，她大叫着惊醒。

江诚在她的叫声中惺忪着双眼俯身过来。他知道她又做噩梦了，依旧不厌其烦地亲吻她的额头，像哄孩子般柔声安慰着。米娅怔怔地看着他，眼前这张熟悉而又亲切的脸庞，她爱他，胜过一切，只要他能平平安安，她愿付出一切。几丝曙光从窗帘后面溜进来，新的一天即将开始了。以往这是米娅感觉欣欣向荣的时刻，此刻时间却像催命的丧钟一样令她悲哀。今天是江诚 28 岁的生日。

整个早上米娅都在焦灼不安中度过，一个早餐蛋翻来覆去，煎得支离破碎。江诚依旧微笑：“娅娅，我在公司外边随便吃点就行了，你赶紧上班去吧，刚提的副经理，迟到就不好了。”

米娅抬头：“不，外边的食物不干净，万一中毒了怎么办？我马上就能煎好。”她依旧埋头忙活着，全然不顾上班时间正一分一秒靠近。

江诚开门离去时，米娅忽然拉住他：“诚，我们这样相爱，我真不想跟你分开，你不去上班好吗？”

江诚轻笑：“娅娅，别闹了，公司正繁忙的时候，怎么能不去呢？你也赶紧上班吧，晚上一起去意大利餐厅庆祝我的生日。”他觉得她今天有些反常，但还是推开她离去了。

米娅呆呆站立在门口，思绪飘远，良久拿起电话打给自己的上司，做了一个令江诚感觉更加反常的决定。

2

米娅辞职了。当她公布这个消息的时候，江诚睁大眼睛瞪着她足足有一分钟。他说：“你疯了，米娅。”是的，不单江诚，米娅所在公司的所有人都感觉不可思议。她刚刚升职，正值大好前途的时段，事业花朵开得正艳，不待结果却被她连根拔起。

米娅却不以为然，她淡然一笑说：“诚，你不相信自己能养活得了我吗？”一句话让江诚没脾气了，遂任由她像个小尾巴一样黏在自己的身边，还好是给自己打工，可以让米娅在他私人的办公室随意逍遥，吃零食，打游戏。

她陪着他参加篮球赛，顶着 8 月的骄阳；陪他一起去参加商业舞会，穿拘谨郑重的晚装；陪他一起去参加希望小学捐赠仪式，坐着车翻山越岭。这些事情，原本是米娅最不喜欢做的，但是她说担心江诚会出什么意外，一定要跟他在一起。

开始的时候，江诚不是不感动的。他觉得米娅很爱他，才会长时间陪伴在他身边，这种单纯的幸福他照单全收，但是渐渐地矛盾就出来了。

依旧是陪着他参加一场竞标会，结果江诚和另一家公司所出的价位不相上下，几个人干脆聚集在小厅里商议，争议难免出现，对方气呼呼地冒出两个膀大腰圆的男人。米娅的心猛地抽紧了，其中一个男人把手伸到衣服里，用力往外拔着什么。米娅全身的血液在瞬间凝固了，她似乎看见了一把刀，被男人拔出再插进江诚的胸口，血液溅红了她的双眼。

米娅再也坐不住了，她长啸一声弹起用全身力量把男人撞翻在地。

“娅娅！”江诚急急叫她，把她从地上拉起。她赶紧转身抱住他问：“诚，你受伤了吗，在哪里，疼不疼？”

江诚抱住她：“娅娅，你怎么了，我没受伤，你怎么了。”米娅仔细一看，江诚确实没有事情，她才浑身一软，哭着说：“我看他拔刀要伤害你。”

男人已经从地上爬起来了，既好气又好笑地说：“小姐，我是拿名片给你老公，什么拔刀伤害啊！你是不是电影看多了？”众人一阵哄笑。

一场虚惊，她的失态却让江诚不得不提前离席，白白损失了一个机会。江诚虽然明白米娅是因为关心自己，但对她越来越多这般的行为，渐渐感到不可理喻和难以忍耐了。

3

米娅属于那种善良聪明、美丽大方的女人，但这些优点渐渐都被反常和神经质取代了。她时刻黏在江诚身边，无论任何事情都要替他思虑半天，诸多顾虑，畏首畏尾。

因为公司业务间的往来，江诚认识了一位思想比较开放的前卫女子。她常常打来骚扰电话，开始江诚不接她电话，后来她到江诚的公司晃，被江诚斩钉截铁地警告一番后，居然在自己老总面前恶人先告状。此老总勃然大怒摆下鸿门宴，请江诚单刀赴会，大有兴师问罪之举。米娅知道后，第一个反应是害怕对方会杀了他，网上到处是因爱而恨的情杀。

她说："诚，如果你真要去就带着刀吧，那女人人品这样坏，如果真的要杀你，你还可以自卫。"

江诚直觉荒唐，但是米娅却说："诚，我爱你，我担心你，不能没有你。"最后米娅硬是拖着他，用眼泪把他留住。江诚却觉得自己没去等于是丧失了男人的尊严，心里愈加不耐烦。

更为甚者，江诚70多岁的奶奶突发心脏病，送到医院后被通知即刻手术，急需缴纳一万元押金。家里没有现金，米娅跟着他去银行取钱。

银行正好有运钞车到了，几个全副武装的警卫正站在旁边，米娅的脸猛然煞白了，她不知哪来一股不可思议的力气，拉住江诚的手扭头就走："我们换家银行，万一有人抢劫运钞车伤害到你怎么办？"

结果附近没有银行，米娅硬是红着眼睛逼着他等车走后才进去取钱。回到医院，因为延误了手术时间，奶奶最终还是撒手归西。江诚流着眼泪开始恨米娅了，他觉得这个女人神经了，顺带着也快把他给整疯了。

特别是有次米娅神情恍惚地去楼下超市，江诚不放心地跟在她身后。米娅买完东西后居然猛然冲向马路上疾驰的车流，还好被江诚一把拽住。他也由最开始的感觉亲切到厌烦，直至恐惧，米娅的神经质像一场瘟疫一样在他的生活中蔓延开来。

4

“我想做妈妈了。”米娅忽然宣布。她总能做出让江诚措手不及的事情，但是这个决定还是让江诚担忧。他事业刚刚起步，经济基础不够牢固，更何况米娅整日这般神经质如何能负担得了孩子。

米娅却铁了心一般，她说：“我想把我们的生命延续下去，我一定要生。”江诚最终妥协了，生吧，母亲一直想抱孙子，就当尽一份孝心吧。

他们开始彻夜缠绵，两个身体融在一起。江诚的情绪高涨，他又感觉到了米娅的温情脉脉，这让他一度忘记了米娅过分的担心和神经质。

米娅怀孕了，江诚跟着她一起愉悦着，他仿佛感觉到了一个小生命的存在。可当这个生命刚刚孕育两个月，他还没来得及细细领略这幸福的时候，米娅忽然自作主张，一个人去医院把它打掉了。她说：“诚，对不起，我还没有准备好。”

这次江诚彻底崩溃了，对于米娅在孩子事件上的出尔反尔，他再也不能原谅了。虽然米娅哭了一天一夜，他还是觉得抑制不住自己的失望、迷惑和遗憾。他愤怒地说：“够了！米娅，你这个神经质女人！你自己神经了还不算，还想把我也弄神经吗？我们离婚！”

米娅吓得大哭起来，她无论如何也不能接受这个事情，她说："诚，我爱你，我说什么都不会离开你的。"

江诚坚决要离婚，不是无情，不是狠心，他只是不想后半生都要受这个神经质女人每天的精神摧残，索性搬到办公室住不再见她。

一周后，米娅终于妥协。在协议书上签字的时候，她平静地说了句很莫名其妙的话："江诚，如果哪天你死了，我也会陪着你的。"

5

没有了米娅的日子有点落寞，江诚在忙碌的工作外，还是愿意感受这样的轻松。如果不是在街上无意遇见小鱼，他或者此生就这样和米娅分道扬镳了。

小鱼是米娅旧时的密友，他们两家四口人常常聚会在一起。一年前小鱼的老公在车祸中丧生后，她的情绪极度低落，被父母接到外地去疗养。此番她痊愈而归，却告诉江诚一件关于米娅的事情。

江诚呆呆怔立着，原本沉静的心忽然像潮水一般涌动起来，而后他用最快的速度赶往米娅的住处。

米娅在离婚后租住的小房子，虚掩的门内简单而洁净，屋子里摆着菩萨、佛像和一切能被供奉着的神明，供着香炉，烟雾缭绕。那个单薄的女子正双手合十，跪在蒲团上一遍遍祷告，请保佑江诚平平安安。

江诚默默站在门口。他从小鱼那里知道，两年前流行占卜的时候，米娅和小鱼一起慕名拜会一个手执水晶球的吉卜赛占卜女郎。女郎说她们的老公会在28岁那年死亡，还说米娅会一直平安，事业辉煌。

原本荒谬无稽的预言却因为小鱼老公28岁的车祸而在米娅的心里

成为阴影。她一直担惊受怕，尽量让江诚远离危险的地方。为了打破这个预言，她丢弃挚爱的工作，差点给自己制造了车祸。她想要个孩子是想延续对他的爱情，可等怀孕了又感觉单亲家庭对孩子不公平，甚至同意离婚也是因为不想亲眼看到他死亡。

江诚想告诉米娅，如果预言真的会实现，哪怕真的只有一天时间，他也要跟她在一起快乐地度过。他还想告诉米娅，小时候申报户口时出了小小的疏漏，他真实的年龄比身份证上整整大了一年，他的 28 岁其实早已经过去了。

原本聪慧如米娅这般的女人，有时候也会如此愚笨可笑、期期艾艾。江诚推门时分明在轻笑，但他的脸上，却不知什么时候让眼泪弄得一片斑驳。

假面天使

1

黎家明是在情人节的假面舞会中遇见陈雪的。

那段时间，黎家明的心情郁闷到极点。先是从大学就开始恋爱的女友跟一个澳洲的中年男人走了，据说，那个男人拥有自己的农场，里面的袋鼠成群结队，养的奶牛一天挤的奶够他喝一辈子。女友走的时候幽幽地说："对不起，相对于我们的感情，我更爱他的钱。"

是的，感情是虚无缥缈的东西，他不能怪她。谁让他在一个贸易公司待了 8 年还是一个小小的员工，在上海这个寸土寸金的地方，所有的存款还不够买 10 平方米的卫生间。

女友走后，他感觉租住两室房子有些吃力，便在网上发了合租信息。但因为地段太偏，一直无人问津。他每天下班后一个人喝闷酒，都没有朋友安慰，结果导致工作上出现失误，被经理狠狠批了一顿，并调离岗位，去给老总开车，薪水也降了一级。

老总的妻子、儿子都在北京，所以更多时候，黎家明需要帮老总买一张头等舱的机票，然后开着那辆红色宝马把他送到机场。老总离开后，黎家明在不上班的时候，常常穿戴一新，开着那辆宝马出入一些高级场所。他并没有钱消费，可那些场所里高雅与尊贵的气氛，让他从心底感受到一种愉悦。

情人节前一天，老总就去了北京。黎家明无意中在车座上发现了一张假面舞会的邀请函。那是这辆宝马经常去做养护的那家车友俱乐部发出的，时间就在情人节的当晚，所有的费用全免。他知道这样的活动不过是为那些成功男人提供一些互相交际的机会，老总根本不会理会这样的琐事，但他那天闲得无聊，顺便就去了。

他把车停在俱乐部门口仔细观察了一番，发现所有的人都凭邀请函入场。来的都是一些气质非凡的成功男人，门口的服务生恭敬地点头哈腰，让他心里产生了强烈的羡慕。

他从反光镜里看了看自己，休闲西装，黑色皮鞋，领带打得很板正，头发也梳得光亮。尽管这一切都是从网上买的A货，但足以鱼目混珠，没有人会怀疑开着宝马的男人，穿的不是真正的品牌。

他深呼吸了几次，努力让自己镇定再镇定，然后缓缓走进了俱乐部。立刻有服务生前来引路，在拐角的接待处，他选择了一张佐罗的面具戴上。大厅里被鲜花和挂饰装点得很有节日气氛，他选择坐到角落的一张台子旁。

他实在叫不出那些高级酒水的名字，所以点了一杯柠檬水。然后，一个戴着狐狸面具、身材很妙曼的女人走了过来，她微笑着说：“我可以坐下吗？”

“当然可以。”这个女人昭然若揭的搭讪，让黎家明心里充满了兴奋，又有点小小的惊慌。

女子介绍说自己叫陈雪，一个人来参加这个舞会，却不想遇见了前男友和新欢。因为不想太尴尬，所以想请他和自己冒充一下自己的新男友。说这句话的时候，陈雪用眼角瞟了一下大厅的另外一桌人，果然有一个男人带着一个很漂亮的女人。

黎家明有些惊讶，不禁问了一句：“为什么会选择我呢？”

陈雪抬起头，一双大眼睛扑闪着说：“我的前男友是一家跨国公司的部门经理，所以只有你这样成功的男人才能帮我找回面子。”

成功男人。这个词让黎家明忍不住沾沾自喜起来，是的，他当然很成功，他穿着名牌，开着宝马，来参加高级俱乐部的假面舞会，此时此刻，谁能说他不是一个成功的男人呢？反正他不是那个被女友抛弃，在公司被老总呼来喝去、穷贫潦倒的倒霉蛋。

2

两个人聊了起来，数落着各自无关交集的生活。黎家明说自己是一家贸易公司的老总，因为忙于事业一直未结婚。除了婚姻这一项，他把老总所有的条件与经历都附加到自己身上。

陈雪也很健谈。好在黎家明大学时学的是文科，对各个方面的知识都略懂一些，说到哲学、音乐、旅游，发现彼此居然有惊人的相似点，大有相见恨晚的感觉。黎家明提出摘下面具，陈雪欣然答应。她长得并不是很漂亮，但有一种黎家明喜欢的贵族气质。

后来，陈雪说时间不早了，要打电话叫司机来接，黎家明立刻提出送她回家。出门后，陈雪径直走到他的宝马前。黎家明有些惊讶，陈雪淡淡笑了一下说："我比你先到，看着你开这辆车来的。"

陈雪说自己住在花园小区，黎家明知道，那是有名的富人区，很多成功人士都在那里买别墅。快到地点的时候，陈雪忽然请他停车。她依然有些羞涩地说："我就在这里下，你知道的，常常有一些狗仔队在这里蹲守，我不想有什么八卦非议。"

黎家明有些诚惶诚恐，他想，陈雪果然是有背景的人。

黎家明和陈雪开始了频繁的短信交流。陈雪的家境应该非常好，她的父亲应该是一家政府部门的领导，并且还是那种很有实权的。这些并不是陈雪自己说的，而是黎家明判断出来的。

因为陈雪提到过她家总有一些心怀不轨的人前来送礼，每次她爸爸都会躲到楼上，让她妈妈出面打发。她说这些事情的时候，很漫不经心，像那些有钱人家的公主从来不知晓民间疾苦一样，倾诉和发泄着小小的牢骚。

她还是一名古董爱好者，收藏了很多明清时候的青瓷。她列举的那些天价的古瓶，他闻所未闻。她还用手机拍了一个刚刚从拍卖会拍下的蟠龙青瓷照片发过来，价钱够他花八辈子的。

特别是陈雪不经意透露的上流社会那些生活方式和习惯，让他大开眼界。陈雪说她有单独的衣帽间，光放鞋子的房间就有200平方米。她有些抱怨地说，因为鞋子太多不好找，只好每双都拍了照片贴在盒子上。

她偶尔有几天不在上海，会提前发短信给他，说自己飞一趟巴黎，已经预约了香奈儿公司的首席设计师定制了衣服。

不过，他一点也不怯场，他发短信告诉她："我的贸易公司刚在南京开了分公司，预备在全国各个省会城市都设立分公司。”其实，他刚被老总叫过去训斥了一顿，因为他头天夜晚发短信到凌晨3点，早上接老总的时候迟到了。

但他的言语很有气势，表现了一个事业男人的宏图大志。果然，陈雪连连赞叹和敬佩不已，她说：“我最欣赏事业型的男人了。”

然后，她又说：“这么多年我只谈了一次恋爱，就是因为我没有遇见让我从心底折服的男人。”

黎家明不傻，他立刻追问：“那现在你遇见了吗？”

陈雪回答：“第一次看到你，我就觉得你是千万人中最与众不同的那一个！”

她是懂男人的，适时的试探和挑逗，适当的矜持和含蓄，暧昧的空气通过手机愈发浓烈，黎家明感觉自己快支撑不住了。他是个正常的男人，他渴望一个在身体上给予他满足的女人。如果这个女人能满足他心理上对上流生活的艳羡和感知，更好。

3

黎家明喜欢这个游戏，他觉得生活其实没那么糟，至少还有一个女人让他感觉自己是那么地优秀，拥有那些成功男人拥有的一切，并且，这个女人是上流社会人士。

在老总去北京的时候，黎家明开着那辆宝马约她去江边看烟花。后来，他把车停到偏僻的地方，并试探着用手去摸她。她没有拒绝，慢慢转过头来，并微微闭上眼睛。他的胆子大了起来，身体也随之涌动起强烈的感觉……她忽然睁开眼睛，很认真地问：“你会娶我的吧？”

他愣了愣，在急切的情欲冲击下，他笑了一下说："只要你肯嫁，我一定会娶。"

仓促完毕之后，他依然有些意犹未尽，陈雪眯着眼睛说："下次我们找个地方吧。"他嗯了两声，心里想：她这样身份的人，一定不能太屈就了。

一周后，黎家明用一个月的薪水在一家五星级的酒店开了间总统套房，这次两个人都有一种畅快淋漓的感觉。虚脱般的快乐之后，他沉沉睡去。中途，他被陈雪的手机声吵醒了一次，迷糊中感觉她穿着浴袍轻轻起床去了隔壁上网。

黎家明彻底被吵醒，还是因为陈雪的手机短信提示音。手机在床头的柜子上，大约是她忘记随身带着了。黎家明没有窥探别人隐私的嗜好，但他觉得经过这一夜，他们的关系有了实质的变化，他想看看她有没有像他一样保留着两个人之间的短信。

果然，他看到了那些充满了柔情蜜意的短信，可是，并不仅仅是他一个人发来的，有叫陈总还有叫白老板的，各个行业和机构，大约十几个人的。同时，他还发现了这是一个双卡的手机，另外一个卡上的短信和记录，准确无误地告诉他：这个叫陈雪的女人，还有一个身份，是一家娱乐城的工作人员。

他呆呆地瘫坐在床上，大脑像罗盘一样搜索所有的记忆，然后，像做拼图游戏一样，一点点拼凑出陈雪的真实身份：她只是一个伪装成公主，渴望遇见一个成功男人的女人！

真相一点点被剥开，他从一个乱梦里挣扎着醒来，他感觉自己的内心充满了邪恶和哀伤。

他轻轻拉开套间的门，突兀地站在她面前说："娱乐城的生意还不错吧？”

她吃惊地抬起头，脸慢慢涨红了，他觉得她的长相越看越恶俗。

半响，她慢慢站起身，说：“这是一个谎言，可你不也和我一样吗？”她抬手指了指电脑，那上面显示的是一条合租信息，后面留有他的手机号码。

……

一个人总在仰望和羡慕着别人的幸福

却发现自己正被别人仰望和羡慕着

幸福这座山，原本就没有顶、没有头

不要站在旁边羡慕他人的幸福

其实幸福一直都在你的身边

只要你还有生命，还有能创造奇迹的双手

你就没有理由当过客、做旁观者

更没有理由抱怨生活

你寻找到幸福了吗

恋恋巴黎

1

很多人说巴黎是个浪漫绚丽的城市，但 23 岁的简妮却并不以为然。那时她大学专修了法语，毕业后由各自成家的父母兑钱买了张机票，办了护照，到巴黎香榭丽舍大街的二祖母家，名为出国找前途，实则远远甩掉累赘。

所谓二祖母就是外公弟弟的老婆。那是一个典型的老上海女性，上世纪 80 年代二祖父车祸去世后，带着一笔赔偿金去了巴黎的唐人街经营三个餐馆。可惜家道中落，简妮前来攀亲之时，正值老婆婆败落的空隙，不但没能为简妮谋到一职半位，还精打细算了她每月的住宿费、水电费、卫生费。摸着囊空如洗的口袋，简妮沮丧着脸一路出来，从几家正招聘端盘子的服务员的餐馆门口转悠到夏德莱广场上独自发呆。

巴黎 8 月的气温异常偏高，市中心依旧人潮如涌，异常热闹.自娱自乐的街头乐队摆开场子，最流行的曲子潺潺而至，游人停下脚步向乐队跟前的空琴盒里丢下硬币，一种金属撞击的美妙声音不绝于耳。浑身涂着石膏粉的塑像一动不动地钉在路边，当简妮把零钱放入塑像跟前倒置的帽子里时，他眨眨眼表示谢意。抛飞碟的，口吐火焰的，变小魔术外带卖饮料的三教九流都会在这个时候粉墨登场。

巴黎这个老街区很像北京天桥、上海城隍庙和南京的新街口，积淀着厚实的民族文化底蕴。面对这一切，简妮的心感觉不到丝毫的诗情画意，她停留在蓬皮杜文化中心高大建筑的阴影下，有些发呆。

她想起临行前男朋友马洛提的条件，让她二祖母帮他安排好工作，他也会一起来，不然大约是面临分手的局面。她内心有诸多郁闷和不甘，在这个异国的城市却也无可奈何。她恨恨地拽出口袋里二祖母罗列的计费清单，揉成团用力扔到地上。

“小姐，你应该把它放到垃圾箱。”一个很娴熟的法语口音响起。简妮扭过头来，是角落里一个摆着画摊的白人青年，他的旁边堆积了很多完成的肖像画和一个盛着零星硬币的盘子。看样子大抵也是一个打工的本土学生而已，简妮有些气愤，她把纸团向前直踢到他的脚下，然后神气地撇撇嘴跑开。

“等等，等等。”白人青年在身后捏着展平的清单追了过来。简妮心想，真是狗拿耗子，多管闲事。她瞪着眼睛转头，白人青年站起来后显得又矮又胖，他那棕黄色的卷发被风吹得耷拉在蓝色的小眼睛上。怎么法国有这样又丑又滑稽的男子呢？简妮心头暗暗好笑。

白人青年继续用法语告诉她：巴黎的费用没有清单上这样高，她肯定是被人算计了。他叫乔治·迪嘉，是巴黎第七大学的学生，如果她愿意，他家有一间房子刚刚空出来，可以租给她。

简妮很不信任地看着他，他的蓝色老鼠般小的眼睛里有股清澈的泉水在流动着。最后简妮拿了他写的地址，不置可否地走了。

2

3 天后，简妮终于在二祖母夜晚不到 10 点的熄灯后忍无可忍了。她很礼貌地要回剩余的部分租金，拽出自己所有的行李，直奔乔治留的地址而去。

香榭丽舍大街 108 号，所幸不远，很快找到，从面临正街的一条小巷子里走 50 米即到。典型的哥特复式民居，厚厚的白色石墙为主体，尖顶上笔直的烟囱，斜坡的屋檐像流线一样生动，在夜色耀眼的灯光中一一呈现。简妮心中立时涌现一种喜爱之情。

门铃响后，丑丑的乔治穿着短裤球衣，手里抱着一只白色的小猫出来。“嗨，漂亮的中国女孩。”他习惯性地眨眼微笑，猫在他的怀里发出“喵喵”的叫声，这个瞬间让简妮感觉亲切了许多。想起十几岁时，看席慕蓉的书上说一个那么爱猫的男生，一定有一颗良善的心，将来除了爱猫之外，一定也爱太太，爱孩子。因了这句话，简妮忽然又感觉他的矮胖身材也变得可爱起来。

简妮随他步入空荡荡的大厅，木制的装饰有种很惬意的感觉，却闲置着，而把二楼用来居住。乔治把简妮领到她的房间，踏着柔软的地毯，穿过黄色楼梯，在二楼的拐角处，房间不大，却被布置得恰到好处。

在乔治关门离开前，简妮用不太流利的法语向他探询：“我可不可以暂缓一个月再给你交房租？”她白皙的脸因为羞涩而涨得绯红，在灯光下闪动着。乔治微微愣了下后，眨巴着眼睛说：“为什么不呢？小姐，你已经搬过来了。”

乔治说，他目前是实习期，正在写毕业论文，只要家里保持安静就行了。

简妮笑，她觉得庆幸，遇见了一个很有人情味的法国人，虽然长得有点丑。那夜是她到巴黎后第一次酣然入梦。

3

简妮想该为自己的生计做个打算了。不是当地人，她去了不正规机构，附近的餐馆都不需要全天工。她在街头荡悠了一整天，心绪却不再那么紧张无着落了，大约是因为有了乔治的收留吧。

那个热心的青年，让她忽然感觉到巴黎有太多的诱人处。毕竟有闻名世界的埃菲尔铁塔和卢浮宫博物馆、巴黎圣母院等名胜古迹，让人神魂颠倒的“丽都”、“红磨坊”劲歌艳舞场所。她想如果换成马洛，仅仅坐在香榭丽舍大街上喝杯咖啡，看看巴黎女郎修长的美腿和魅力四射的浑圆臀部，眼球也幸福死了。

简妮转悠着准备回去的时候，一个很时髦的法国女郎指着她背包上用来装饰的中国结问道：“小姐，请问你是在什么地方买的？可以卖给我吗？”

把在国内自己手工做的中国结卖给了她，简妮赚了10法郎。她心中一动，何不制作中国特色的小工艺品？遂转身拐了几个路口，去了唐人街的便利店，买回来一些红色丝线、竹片、油彩、画笔。

中国结做出来后很粗糙。简妮拿到附近的跳蚤市场，不到半小时就把10个都卖空了。她兴冲冲地赶回去，路遇一家中国便利店，顺便在那里买了鸡蛋和番茄，回去后她做了香浓的番茄蛋汤，让乔治一阵目瞪口呆。她请他一起品尝，他惊奇地赞叹中国美食。

那天夜晚，简妮打国际长途给马洛。短短的两分钟，马洛宣告了一件事，他决定分手。纵然是预料中的事情，但她还是忍不住悲伤，回去后她满脸的泪水让正在整理画卷的乔治立时手足无措起来。

她把自己关在房间里。她泣不成声，却不知道向谁诉说。乔治轻轻敲门，端来热气腾腾的咖啡，并送来现烤的比萨饼。在冉冉热气和苦香的味道中，简妮的悲伤得到倾诉。乔治轻拍她的背，他说："你这样漂亮的姑娘，错过了是他的损失。"一句话让她破涕为笑。

知道简妮的心情不好，乔治专门带她去四处观光。他为她讲解法国人的咖啡艺术，品酩正宗的红酒。偶尔带她一起去亲戚和朋友家做客，她发现乔治的很多亲戚都是住别墅的上层人士，有一位好像还是常常在电视露面的公众人物，但是，丑丑的乔治和他们在一起始终不卑不亢，侃侃而谈。她感觉和乔治在一起真的很轻松，她有些喜欢这种感觉。乔治虽然不英俊高大，但是很乐观幽默。有人说，法国人的情调是天生的，可他们不知道，不是每一个法国人都具备这样的天赋。

4

简妮在卖中国结与打零工的两个月后，偶然被一家灯艺装饰公司的总裁伯乐挖掘了。总裁对她的中国风格赞赏不已，破格聘请她做设计师。

她特意包了饺子感谢乔治，乔治再度对形状特异的中国食物赞叹一番，他拿出了一瓶陈年的葡萄酒为她庆祝。两个人在醉意熏然的时候翩然起舞，乔治轻轻凑到她的耳边说：“简，你真的好漂亮！”简妮微笑，她说：“亲爱的乔治，非常感谢你，你是我在这个国家最好的朋友，永远都是。”

乔治的面色黯淡下来，她的暗示他不是不明白，但他很快释然，他说：“简，将来我要找一个和你一样漂亮的中国女孩做妻子。”

午夜，简妮实在睡不着，很不争气地跑出去给马洛打电话，告诉他自己找到了新工作。那端的马洛语气有些兴奋，他说自己已经办好了去巴黎读研的手续，不日就会到达，本来是想给她惊喜的。

这多少让简妮有些意外，不过她想，到底有几年的感情，怎么也不会说断就断的。

简妮上班的工作很轻松。公司固然是要求严格的，但法国人讲究休闲，她多了很多时间在乔治的带领下四处游玩。巴黎的道路很宽阔，但不寂寞。悦目的翠绿草坪，招摇在城市的角落。百年来艺术家们的城市雕塑，隔离了巴黎的市井味道。还有路边鳞次栉比的咖啡馆，如同中国的茶馆，传递出复杂浓厚的欧洲文化。此物此景让她总是联想起印象派，想起印象画作中燃烧的色块和感情。

马洛到了巴黎一所并不出名的学校。他给简妮打了电话，找了一堆理由不让她去看他。他们一周通两次电话，马洛说自己在一家很大的企业找到工作，但是一个月不到，却又告诉简妮自己失业了，并且一直再也找不到工作。他要求简妮搬过去和他同住，因为他已经快没有钱支付房租了。

简妮在晚上乔治卖画回来的时候告诉了他自己要搬走的事情。他立刻在她面前红了眼睛，然后慢慢伸手摸她的头发，他说：“你可不可以不搬走？”她笑，拍他的肩膀，说：“我的男朋友在等我呢。”

她收拾东西离开的时候，他一直站在门口。她知道他的不舍，她没有回头，心里亦有不舍。

5

因为马洛一直找不到工作，简妮负担起他的全部费用，而他不是躲在家里看电视就是拿着所有的钱出去买醉。那天，简妮中途回来拿一份文件，无意听到他正在跟人打电话，从电话的内容，她知道了一件事情。

原来，马洛来巴黎不是为了她而来。他在中国认识了一位并不年轻的女外教，一番哄骗，被女外教用留学的方式带到巴黎，并介绍一份好工作。可是，他在短短一个月内有了三次地铁逃票的劣迹。法国是个讲究原则的国家，他被开除，并为此一直找不到工作。女外教也远离他。

那天晚上，他们有了激烈的争吵。简妮这才发现所有的存款早被他挥霍一空，而房租再次即将到期。暴露出猥琐面目的马洛索性撕破了脸皮，他收拾好行李准备再次回国，一无所有的简妮再次面临重新寻找居所。

繁华盛世，人与人之间的情分也不过如此，一旦看清，便也没有那许多抱怨了。想到这里，简妮对马洛释然了。她拖着自己简单的行李不知不觉又走到了乔治的住处，这时她才发现原来她在这个偌大的异国城市里，这里是唯一能给予她安全与温暖的去处。

她从包里拿出自己原先备用的钥匙，轻轻插到锁孔里，一拧门就开了。首先映入眼睛的是桌子上一张大大的纸条，乔治熟悉的笔迹写着：“亲爱的简，如果是你回来了，请到卢森堡公园找我。”

简妮独自去了卢森堡公园，走在中央宽阔的长廊上，细细观赏着两边用白色大理石雕刻出来的天使雕像和巨大花盆。花盆里栽满了色彩斑斓的草本小花，像是给长廊绣上了一条五彩花边。站在古木参天的角落里，稀疏的阳光透过树叶缝隙洒落下来，像一群跳跃着的调皮小精灵，光影相接的地方，乔治的面容出现在面前，简妮再也忍不住，泪如雨下。

她知道，有些什么注定已经改变了，像马洛，和马洛的感情。可有些什么却永远不会再改变，就像她在这里认识并爱上乔治，那个丑丑的却又那么有绅士风度的法国大男孩，她决定，这次一定圆了他娶一个中国姑娘做妻子的梦。

美人迟暮

1

他说：“我爱你。”我笑，我不会愚笨到那种地步，认为他真的会爱我。固然我也曾经是个美人，岁月也曾经眷顾过我，可如今年龄过去，我已经蜕皮为明日黄花。

但是他说：“茉莉，我从来没有见过像你这般大方磊落的女子，我想我是真的爱上你了。”我依旧笑，但心里却有一点点的羞涩和自豪，一个 32 岁的女人，在偷摸了 12 年地下情后的今天，居然能脸颊微微潮红，大约真的是遭遇了爱情。

2

宋嘉明第一次称我茉莉姐，实际上他叫我阿姨都不过分。彼时我是姚康年的那个人，在姚太太丧礼的宾主动辄中，黑裙辗转，掩饰不住笑靥如花，我心满意得地以为我的下一个头衔就是大名鼎鼎的姚康年律师太太。

宋嘉明的父亲是姚的朋友，父子俩出现在酒店时，我正意满志得地做未来女主人状，吩咐服务员添加椅子。整个局面里所有人不论是真情抑或假意都做大肆悲切状，只有我，低眉巧笑，回眸嫣然，有掩饰不住的张狂。

我低垂裙角盘附在姚的身旁，他面朝宋父，头都没转随意道：“我的助理，朱茉莉。”宋父点头，宋嘉明遂叫我：“茉莉姐。”宋父目光一瞥低声说：“你应该叫茉莉阿姨。”我笑，毫不客气地接纳。殊不知，爱情中的女人早已忘记称呼对于年龄的威胁。

那个男孩子，叫宋嘉明的，大约刚过二十四五岁，挺漂亮的眼睛，让女人有种想亲吻的冲动。

可这些在姚的面前微不足道。

3

20 岁毕业进只有一间房子的律师事务所，毫无经验地跟姚康年一起打天下，一起加班加点，收集材料，中午下楼为他买盒饭，不经意就挑了他喜欢的口味。听到他咳嗽，我立马机械性放下手头工作，起身倒水拿药，他有咽炎，仿佛我一早就知道。

偶然工作到忘记了时间，他就带我去吃宵夜，然后步行送到门口，从来没有提议上楼去。我喜欢和他独处，有人说，男人的魅力是在工作的时候散发出来的，他考虑事情时眉头拧成一条线，是标准成熟美的男人。

他教我很多，无论是工作经验还是为人处世，办公室的恋情或者就是这时不知不觉展开的，且于一个寒冷的冬夜，姚踏进我的租屋拉开序幕。爱情中的女人都是盲目地幸福着，尽管我知道他大我整整 10 岁，有妻有子，我都知晓，我都不管。

一日，姚弯腰拣滚落桌下的签字笔的时候，座下陈旧的转椅“咯吱”一声断裂，他不动声色拿了厚书垫上，继续俯案书写。年轻意气的锋利随口而出：“早就旧了，何不换新的？”

他半晌无语，末了抬头：“茉莉，我需要时间。”

他的老婆于 3 年前遭遇车祸，靠轮椅度日如年，且渐伴有各种并发症。是的，他的确需要时间，他不能做个无情无义的男人。

就这样，12 年，他需要的时间，被拖着过完。到姚太太终于寿终正寝时，他已经是大名鼎鼎的权威律师姚康年；办公的事务所早就换了地方，改了名字叫律师楼，桌椅均换成那种最昂贵的欧式。

4

两周后我生日，姚从饭局后赶到已经是深夜 12 点。他送了条钻石手链，抚摩着我雪白的肌肤，他说：“茉莉，我一辈子都会爱你，真希望一直都这样过下去。”

我轻轻端详着每一根手指。至头到脚，他都送了无数饰品，唯独那里，没有戒指的衬托，白皙凄凉，永远寂寞如故。心头突兀生出一股怨恨：这个男人用婚姻的名义拖了我12年青春，却依旧想以爱的口气用有价可寻的首饰继续这样下去。

姚似乎很疲劳，他说："茉莉，太晚了，我想回去休息，改日再来你处。"

我微笑，一个男人如果眷恋，什么时候都不会太晚；如果他已厌倦，多一刻都是种负担。我又何必揭穿？

天气很阴暗，有零星小雨打落在窗户上，隔着不远的距离，我看到姚还未来得及跨进车门，就急急拿起了手机。心里一动，没有拿伞，我尾随而出。

坐着出租车拐了三个弯，在一家很高级的酒店门口，姚下车。一个年轻的女子雀跃着扑过来，脆生生的脸上可以拧出水来。他们进去了，我颓然坐在车里，思绪在瞬间停顿。

良久，我对司机说："找一间酒吧。"

5

雨下得大了，出租车的停靠点离酒吧有几道台阶。当我经过台阶冲进酒吧的时候，浑身像个落水的母鸡一样狼狈不堪。我要了一打啤酒，我的委屈与不堪需要它来掩藏。

独自狂饮待醉，最后一瓶喝完的时候，一个声音犹犹豫豫响起："你是……茉莉？"我抬头，一双漂亮的眼睛，呵，是他，在姚太太丧礼上见过的宋嘉明。他牵着一个红头发的女孩子。

多年的荣辱不惊，我压住胸口的瘴气，我微笑说“你好”。我还走了过去，轻轻和他们碰干了最后的一滴酒。

我依旧微笑地说再见，对宋眼中疑惑的表情熟视无睹，我还顺便替他们埋单。

我跄踉着回家，对着卫生间狂吐一番，直至肠穿肚烂，终于明白对姚的情，绝非半日三天可以计算。我爱他，可，他终于爱了别人。

终于撑不过黑夜的袭击，我昏睡过去。

早上，姚打来电话的时候，我在睡梦中为自己考虑退路，考虑怎么样才能不太狼狈不堪。我接过电话，没等他说话就先开口说：“姚，谢谢你这么些年对我的照顾，我想我们还是不合适。”

姚沉默了一会儿，他说了“好”。一个好就行了，我不待他的下文，更不想他听出来我的呜咽声，急急把电话挂断。

电话再度响起，我哗然起身接起。姚或者改变了主意呢？我还是违心期待的。

电话里是个另一个男人的声音：“茉莉，今天晚上有空吗？我想请你吃饭。”他顿了顿：“我是宋嘉明，谢谢你昨天替我们埋单。”

我怔怔哦了声，我还没有反应过来，我还停留在对姚的期待中。我颓然对他说：“我生病了，我不想出去。”

他在电话里继续问：“真的吗？你昨天还好好的呢！”我迅速挂断，他不知道一个女人拿身体的病痛来当借口的时候，不过是因为她的心里受了更大的伤害。而这种伤让我在瞬间老去，由一个始终对爱情信奉的傻女人，迅速变成背影狼狈的迟暮人。

6

我昏沉地睡到下午便被门铃的声音吵醒了，是宋嘉明，他手里端着一只饭盒，内盛半碗稀粥，散发着浓烈的香味。见我疑惑，他低低自顾笑说："生病的人都喜欢吃稀粥……拐了几条街才找到你这儿，粥泼了一些。"

鼻端无故一酸，我请他进来，当着他的面，狼吞虎咽一番，然后定定神，小男生还是少惹为好，闹不好鱼没吃到，反弄一身腥。我说谢谢，拉开门请他离开。

他诧异，随后很有风度地起身，离开前他说他爱我。他的眼睛很真诚，看起来是。他说了很多，我半信半疑，直到他走了好久，我还在呆呆怔立着，我在想，他爱我？他爱我什么？他真的爱我？

7

原来宋早就知道姚现在的这个人，但是他还说："茉莉，你这样的女人，他不晓得珍惜他真是傻瓜。"这句话在瞬间击倒了我。

我在三天后接受宋的邀请一起吃饭，闷在家里迟早会窒息在自己对未来的纠葛中。一个年轻英俊的男人肯来约会，我为什么不去享受时光呢？

推杯换盏、觥筹交错中，和着浓浓的醉意宋握住我的手。我低头浅笑，透过玻璃的窗户，居然看到那个年轻的女孩正挽着姚走进了隔壁的酒店。我的笑容僵硬在脸上，姚显然看见了我，却若无其事一般。

宋结账的时候我的手机响起，是姚，他到底忍耐不住："茉莉，宋嘉明是出名的花花公子，你最好离开。"我什么也没说，轻笑。是的，大家肯定会在背地里说，茉莉这个狐狸精也玩起了"姐弟恋"，甩了姚某人。

转过脸咬紧嘴唇，我对自己说，哪有什么旧情难舍，不过是不甘心而已。我攀着宋的臂膀离开，餐厅里正流淌着一首老歌《何必在乎我是谁》："我的生活如此乏味，生命像花一样枯萎……女人若没人爱多可悲，就算是有人听我的歌会流泪，我还是真的期待有人追……"

这个关口，我需要借着宋，至少能让姚知道我不是没人要的，且这个人比他年轻英俊。

8

夜凉如水，寂寞真的可以使人心碎。宋送我回家后并没离去，他说："我爱你。"我的眼睛终于湿润，长久的迷茫疼痛、力不从心、绝望，随着眼泪一起奔涌上来。我一下子臣服了。

热烈一经点燃便像烈火一般迅速蔓延，由表及里。我们紧紧拥抱，几近碎裂。肌肤的语言已经淋漓尽致，这一刻我彻底把姚康年从大脑驱逐了出去。

早上的阳光从幔子里漏进来，很扎眼。宋醒来后亲了我一下说："亲爱的。"

我的早餐是一份牛奶加煎鸡蛋。

我把他的衣服从地板上捡起来，平静地说："你可以回去了。"宋大惊，他说："你让我走？我们昨天……"

我不等他说完就直接反驳道："我们昨天怎么了？你还没有到 18 岁吗？你不走难道把行李都搬过来？"

他绷着脸穿好衣服，斗气一般走了。可是我，我确定我并不爱他。

9

姚是夜晚喝了酒后过来的，他的脸上有潮红的气色："茉莉，要怎么样你才会离开宋，你一定要气死我吗？"

我冷笑："我们现在有什么关系，怎么能气到你？"

酒气扑过来，他伸出双臂抱牢我："茉莉，为什么到现在我才发现那么爱你？看到你和别人在一起，心里会如此疼痛？"

我伸手推开他，无名指却被他从怀里掏出的东西紧紧套牢，那是一枚戒指。如此冰凉，袭到心里却阵阵暖意。

"茉莉，我和那个女孩已经结束，我现在向你求婚，还晚吗？"他的眸子有种灼热软化了我，我慢慢低下头。

年华已渐渐老去，我不会奢望在宋那里再度盛开，我更愿意把一切当成流年里的一场纪念。

或者长久的审美疲劳让彼此多少心存厌倦，总是以为握在手心里的就是一切。谁料千辗百转，肚烂肠穿，摊开了手掌后，居然收获到永恒。我宁愿相信宋不过是帮我抬了一下身价而已，毕竟我和姚一起走过了 12 年，还是有那么一点点、一点点的情感。

10

婚柬发出后，宋打来一个电话，他说："你这个女人不但理智而且很可怕。"我没有反驳他，心里却被重重击了一下，轻轻挂上电话。

是的，不是每个女人都有机会堕落，但一个女人还能等待多少个12年？

情人无泪

1

城郊上海路逐渐支离破碎，到处在拆迁重建，维也纳小区看来是最后一栋濒临灭绝的老楼了。街道上有漫天飘舞的雪花，每年的这个时候，一个卷发的女子都会坐车从市中心顶着严寒，一路颠簸过来。

她轻敲门卫的窗户，探头进去问道：“有没有快递公司送来方米米的玫瑰花？”

门卫是个50多岁的老师傅，从8年前开始，就已经很熟悉她了。因为从那个时候起每年的情人节都会有一个署名木瓜的人，通过快递公司送来火红的玫瑰。女子叫米米，以前的维也纳小区住户，5年前听说嫁给了一家小公司的老板，除了每年情人节之际来取玫瑰以外，平时从来都不会过来。

但是今年很奇怪，情人节就快到了，还没见到玫瑰花的影子。焦灼不安的米米得到否定的回答后，忍不住抬头惆怅若失一番，目光触及小区最后一排的房子，呆呆观望着。

这时候电话响了，宋明在那头说：“米米，我明天下午要去外地出差，你把小安带着，我们提前过个情人节。记得都穿上去年买的驼色风衣，那可是我们全家的情侣装。”

米米不由得自责起来，宋明毕竟是爱她的，她却在他人的玫瑰中徜徉坦然。她合上手机，伸手招来一辆的士，她要赶在小安放学前回家。

2

情人节的前一天清晨，电话铃声在客厅响起的时候，米米正在厨房里煎最后一个早餐蛋，宋明惺忪着双眼从卧室里伸头出来喊了她去接。

米米穿着宽松的睡衣，电话接起，一个陌生的男音：“米米，我是木瓜，刚刚从北方回来，我要见你。”

那一刻，所有的声音都停了下去，米米有瞬间的恍惚。她跌坐在沙发上，久久回不过神来。天气有些阴暗，空气中有潮湿的感觉，5 岁的女儿小安在自己的小房间里奶声奶气地读着英语，厨房敞开的门缝里流淌出食物的清香，宋明在卧室里嘟囔着问她熨好的衬衣放在哪里……

半分钟前这一切在米米心中还是分外和谐的一幕，却在一个电话之后变得杂乱无章起来。

放下电话，米米轻抚着胸口，她知道自己已经习惯了现在的生活，这种宁静是任何人都不能打破的。

她承认，她愧对彼时，但她更害怕破坏此时的宁静。

可，木瓜，李木瓜，10多年前的往事像潮水般奔涌而来……

那时候，方米米的母亲早逝，她的父亲是工厂里的勤杂工，在周围是没有地位的，而李木瓜是厂长的儿子，却从来没有歧视过她。渐渐长大的日子里，他们像所有青梅竹马的男女一样，在一个粉红色的梦想里奔忙着，那时候的快乐是那么简单的事情。

米米的父亲是个很暴躁的人，因为早年的抑郁不得志，造成了他长期的嗜酒和赌博。家里一贫如洗，还常常被他砸得七零八落，有时候甚至还会殃及米米。

那个夏天，18岁的木瓜拿着南方一所大学的通知书，雀跃着来向高中放暑假的米米报喜。阳光火辣辣地照在他的脸上，他像个小孩子一样欢天喜地。

当他推开米米家门的时候，他被眼前的一幕惊呆了。米米正涨红着脸在和一个贼眉鼠眼的男人抢夺一盏橘色小台灯，米米的父亲蹲在旁边无动于衷。

男人说："你父亲输了钱，把你家里所有的东西都抵上也不够。"米米噙着眼泪说："这是我妈妈留下的，谁也不能拿走。"米米用力拽着，男人把她甩到地上，用脚狠狠踢过来。

木瓜再也忍不住了，他大叫一声把男人推开，推搡撕打中，台灯碎了。木瓜一急，用力把男人推倒，男人倒下后再也不动了，鲜红的血液从他的脖颈处流出。他死了，是被台灯的碎片扎到颈动脉。

很快木瓜被警察带走了，被判劳改13年。米米泣不成声，她说："木瓜，我等着嫁给你，不管多长时间。"后来他被转到北方一个偏远的农场，交通和通信都不便利，就没法再联系了，除了每年情人节他都会在管教的帮助下托快递公司送来玫瑰花。

米米曾经炽热的心，在时间的淘洗中，在卑微和失去中观望着，渐渐变冷；幻想的梦，也缓缓消失。

在木瓜离开的第 8 年，方米米认识宋明，并很快结婚生子。她常常在深夜惊醒，在一晃而过的愧疚中发怔，她对自己说："我爱我的家庭，任何人都不能打破。"

3

情人节的那天下午，米米思索再三，决定在自己家里见木瓜一面。

木瓜进来的时候，米米轻轻吐了口气，紧绷的心略微松弛了。他比以前胖了点，刚刮的胡子，略微过时的西装后背还耷拉着几根头发，手里抱着大捧的玫瑰花。米米的锦衣华服和复式房屋的富丽堂皇，让他有点手足无措、忐忑不安。

米米请他坐下倒水给他，手指微微开始抖动，这个男人当初毕竟是为了自己才沦落到如此地步，她心里的愧疚再次一闪而过。

木瓜的目光悄悄瞥过房间里的陈设。当他略过墙壁上大幅的结婚照时，终于忍不住腾然站起。他咬住嘴唇把手伸过来，紧紧握住米米的手一字一句说："你到底还是和别人结婚了！"

米米低着头轻轻说："对不起，木瓜，我爱现在的生活，爱我的老公和孩子。"木瓜转身别过脸去，但是米米还是看见了他眼眶中晶莹的泪光。

木瓜不再说什么，他起身告别前说了一句话："米米，我爱你，和那个男人没有关系。"

米米呆立半晌，起身把那捧玫瑰丢进了垃圾箱，她不希望宋明看到后多生事端。

4

木瓜在米米家对面的一栋楼租了房子。他想,他等了那么多年的梦，爱了那么多年的人，如此轻易地就远去，是如此地令人不甘和无可奈何。他知道自己不能破坏她的幸福，他只是想多看看她，在她不知道的情况下满足自己心里的缺憾。

三天后，因为宋明要回来吃饭，米米在屋子里准备晚餐的时候，听到楼下一片喧哗。隔着透明的窗户玻璃，依稀是宋明和另一个男人扭打在一起。来不及多想，她急急下楼。

等她到达的时候，宋明被摔趴在地上，而施暴者居然是一脸怒气的李木瓜。米米的心再也忍不住悲凉起来，她想不到李木瓜会如此卑劣嚣张，索爱不成居然向自己的老公下手，一早对他的亏欠之情立时烟消云散，一种失望和愤怒像荒草一样开始在心里蔓延。

她把宋明从地上扶起，冷冷对李木瓜说:“请你不要这样，我爱我的老公，如果他有什么三长两短，我一辈子不会幸福。”

李木瓜急急说:“米米，不是你想的那样……”他还想再说什么，被宋明打断:“米米，你认识他？”

米米怕惹来无谓事端，赶忙掩饰说:“一个以前的邻居，精神有点毛病。”她不想宋明有什么疑心，挽起他赶紧上楼回家。身后，李木瓜大声在喊:“你知道，爱情是什么吗？是要她幸福。”

米米不知道，在她下楼前一刻，在小区的拐角处，李木瓜撞见一个男人和一个娇艳的女子拥吻告别。那个男人正好是米米结婚照上的那个人，于是他想都没有想，一拳打了下去。

5

那是半月后中午午饭的时间，阳光很是明亮，米米坐在餐桌前哄着小安吃饭。电话就这样突兀地响起，是一个很热心肠的邻居告知她在意大利餐厅门口看见宋明和人打架。

米米的直觉告诉她又是木瓜，这个猜测再一次让她感觉陷入了一个纷乱不清的旋涡。他以为他是谁，就因为10多年前的旧事非要逼得自己夫离子散，才能善罢甘休？

米米再次愤怒，她像旋风一样下楼、打车，赶到现场。她看到咬牙切齿的李木瓜像老鹰抓小鸡一般，一手抓住正在拼命挣脱的宋明，一手抓住一个破口大骂的妖艳女子。因为三个人不同方向的力度感，手足无措、急于挣脱的宋明几次跌跌撞撞，差点撞上急速而过的车流。

米米抑制住情绪，让自己尽量平静地对木瓜说："如果你觉得我亏欠你了，不要用这种方式报复我，我们可以给你钱，你要多少尽管开口，但是不要伤害我的爱人。"

木瓜把目光逼过来，满含委屈和悲伤。他抬起脚指了指摔在路边的黑包："米米，你看看里面的照片。"米米疑惑着打开，有几张快照滑落，居然是宋明和眼前这个浓艳的女子在餐厅里搂抱亲吻的照片。

米米惊呆了，她怎么样也想不到挚爱的宋明有了别人。她把眼睛递向宋明，宋明立时理亏，低头继续挣扎。当他终于挣脱后就向路边跑去，一辆摩托车从背后呼啸而过。米米大叫一声紧紧闭上眼睛，她还是害怕看见丈夫血肉模糊的刹那。

电光火石之间，木瓜扑了上去，用力把宋明推到一边。等米米睁开眼睛的时候，看见的是木瓜抱着流血的左腿倒着那里。他苍白着脸对米米说："他无恙了，你就是幸福的。"

6

宋明经由这场生死瞬间，忽然间醒悟了，他在木瓜的病床前给米米赔礼道歉，保证以后自己会心无旁骛地爱她一辈子。在米米犹豫着要不要原谅他的时候，木瓜于一个清晨带着没有痊愈的身体悄悄离开了。他给米米留了封信，希望她和宋明能幸福，他会回到北方监狱做管教，继续帮助其他犯了错误的人改造。

米米的生活又恢复了以前的幸福模样。她看着愈发循规蹈矩的宋明，看着茁壮成长的小安，常常会鼻子一酸想流泪，又硬生生把它压回。她知道她的内心，有一块最柔软的地方已经开始在静悄悄地沸腾着，再也不会像过去那样宁静。

谁能看见戒痕的寂寞

1

柏安妮有着海藻般的长发，裸体的她小腹平坦，肌肤如丝绸般光滑，抚摸上去是冰凉的寂寞。

城市里有很多这样的女人，都是这样自作自受，千方百计要嫁一个有钱男人，但是男人为了赚钱把她们冷落在空房。于是，她们便开始寻求外遇，并且为了安全，最喜欢把过去的恋人勾引上床。

黑暗中，我附身上去，她的双手紧紧扣住我的腰身，嘴唇便触及我的肩头，她轻轻咬住，身体的愉悦随即而来。

我总是拒绝不了她的身体。5年前也是这样，以至于她的手指一旦触及我的皮肤，就会点燃我。我在灯光下看着她是怎样让我达到快乐的巅峰，在情与欲的迷茫里，我看着她的眼睛，思维一片空白。

我想，她爱我吗？或者说她只是爱我的身体？在我失神的瞬间，她抬起头。她眼睛微眯，淡淡倦倦，一种欢爱过后的意犹未尽。她说："嘉明，和你在一起真好，我喜欢一次次腾空的感觉。"

我看到镜子里自己年轻挺拔的身躯，再一次情不自禁，附在她的耳边："是的，安妮，我也喜欢，我爱你，真希望我们一辈子都不分开。"

柏安妮的眼睛在瞬间失去了光彩，她淡淡说："哦，对了嘉明，忘记告诉你了，我下周要和他去巴厘岛度假。"她的语气清淡，仿若在述说他人的事情一般。

她接着说："回来后我立刻给你电话。你知道的，嘉明，我是那么爱你，在我心里谁都比不过你。"她再次抬头，气定神闲，她妩媚的眼波再次闪现孩童般狡黠的神色。

然后，她会伸出手，轻轻抚摩我的面颊，像安抚一只受伤的小动物一样。在橘黄色的灯光下，她的手指上那枚巨大的钻石戒指发出灼灼的光，生生刺痛了我的眼。

我低低叫了声"安妮"，声音缓缓的。不甘和无可奈何，只能压制着。我知道一切只能平静收场。

2

我和柏安妮是大学恋人。毕业后，因为一点小小的误会而分手，我随后去了南方跟人合伙开了家公司。初恋往往是最真挚而纯洁的，不包含任何功利的成分，但是，因为年少气盛，我们在学会包容前有了争吵和矛盾；在拥有耐心前，已经固执地分离。

后来，我被人诈骗，公司破产还欠下大笔债务。在回家乡躲避风头时候，重遇柏安妮。此时的她已经是一家房产公司老总的妻子，但她毫不犹豫地把所有的私房钱借给我还债。虽然，她明明知道，我或许此生都还不了那笔数额庞大的钱财。

她已经不再是当初那个为了爱情不顾一切的女子，生活的阅历让她变得愈加妖娆和美丽，同时也把她打磨得现实而聪慧。所以当我问她："到底那个男人哪点吸引你了？"

她会把眼睛移过来，满目熠熠生辉："有钱，如果他再有你这样的英俊就更好了。"她笑，花枝乱颤。

她常常在我面前伸出纤纤的细指，微微转动那枚硕大的钻戒。不知道是无意识，还是为了向我炫耀，用她如今的拥有和满足，来讽刺我当初和她的分手。

她这样做的结果，当然让我很受伤。我说："你能不能把戒指取下来？我只是希望我们在一起的时候，不要让我看见它。"

她幽幽地说："记得我大学时候看亦舒的《喜宝》，喜宝决定做富商的情妇，提出的第一个条件是让他开张支票买钻戒。喜宝挑了珠宝店里最大颗的钻戒，戴在手指上因为太重会歪在一边。可是她戴着它，在寂寞的时候转动它，心里会有一种巨大的安全感。"

我有些愤然："安妮，难道我们的爱情真的一钱不值吗？"

她冷笑："爱情，对于女人来说，会像时间沙漏里的沙子，总有一天会慢慢漏光。"

她把脸转过来："嘉明，你知道吗？当年你去了外地后，我发现自己怀孕了。因为没有足够的钱，我流产的时候无法选择昂贵的无痛手术，巨大的疼痛让我绝望。那一刻我发誓，这辈子一定要像喜宝一样，找个有钱男人，哪怕我不爱他，可是他的钱会让我感觉安全。"

说完后，她果然把戒指取了下来，放到手袋里。

我是一个正常的男人，面对性感美丽的旧情人会产生最原始的欲望，也会正常地因为她现在的男人比我有钱而伤了自尊，甚至，充满强烈的愤恨和不甘。

所以，就是那次欢聚时，趁着柏安妮昏昏入睡，我轻轻拉开她的手袋，把那枚硕大的钻戒偷走了。

我相信，她发现的时候，肯定会以为自己不小心弄丢了，她做梦都不会想到，是被睡在枕边的情人偷走的。

3

我把那枚戒指用红线穿起挂到脖子上，然后去了一家老式的澡堂。我脱掉身上全部的衣服，只剩下脖子里的那枚戒指，泡到那个热气腾腾的池子中。我的旁边是一个正在闭目养神的中年男人，他叫林总，经常会在电视上露面。这个城市有很多人认识他，我也不例外。

林总开了家很大的公司，但却因为早年的生活习惯，每个周末，他都会到这家老式的澡堂来泡澡。我也是在偶然的一个机会中，得知这件事情的。

我的到来显然惊动了他。他睁开眼睛，轻轻瞥了过来。澡堂里的雾气很浓，但是昏暗的灯光还是照亮了我胸前的那枚戒指。距离如此之近，加上那枚戒指真是太大了，所以才会把他的注意力吸引了过来。

“能把你的戒指给我看下吗？”他的语气有些不合时宜地失态。显然，说完后他也意识到了，有些不好意思地补充说，“我觉得很漂亮，也想买一枚送给我妻子。”

我理解地从脖子上解下递给他，有些得意地炫耀说：“当然漂亮，我的情人送的。”

他仔细端详着，眼睛一眨都不眨，恨不得拿个放大镜细细观看。他的表情也随之变化起来，惊讶、疑惑，甚至愤怒。

后来，他把戒指还给了我，神态已经恢复到不动声色。但是，我从他的脸色、眼神中，依然看出了一些暴风骤雨即将爆发的趋势。

我小心收好那枚戒指，然后轻快地起身、穿衣、离开。我知道，我的目的达到了。

4

两天后，我等待在酒店的房间里。从玻璃窗户看到外面的停车场，远远就见柏安妮熟悉的身影。

初秋的天气依然温暖，但她却裹得严严实实，穿着长衫长裤，还戴了副大大的墨镜。偷情的女人穿戴如此谨慎，大抵是被丈夫嗅到了一些不寻常的苗头，我心里有种阴谋得逞的快感。

柏安妮很快进到房间。当她取下墨镜后，我才看见她的眼角有大片的瘀青。我吃了一惊，她似乎看出了我的疑惑。她淡淡地说：“结婚戒指被我弄丢了，回去后被他发现了，这是他打的。”

然后她走过来拥抱我，她趴在我怀里，双肩微微颤抖，像溺水的婴儿般无助，她用颤抖的声音说：“他要跟我离婚，我该怎么办？”

我莫名慌乱起来，于是脱去她的衣服，企图掩盖我的不知所措。当扯掉她的外套后，我看到她的脖子上挂着一枚小小的戒指，在她白皙的皮肤和那些新鲜的伤痕上，显得陈旧而暗淡。

我停下来，仔细端详着那枚戒指，感觉到一种似曾相识的熟悉。

“你不认识这枚戒指了吗？它是你送我的21岁生日礼物。”柏安妮轻轻捧起那枚戒指，有些庆幸地说，“当初为了买这枚银戒指，你吃了一个月的方便面。好在丢的是那枚，虽然是钻石的，但是花钱还是能买得到。这枚银戒指现在已经停产了，如果丢了就买不到了。”

这句话，平淡，却犀利。说这句话的时候，她的语气轻松而欢快，时光倒流，她仿佛还是那个把一枚廉价银戒指当爱情信物的初恋女生。

然后我们轻轻地吻在一起。她的唇是冰凉的，像是婴儿的，凉得像冰；而我的泪是热的，那么深、那么烫，像我的忧愁。我一直以为自己很坚强，但在拥抱她的时候，挂在她胸口那枚小小的银戒指，轻轻鲠在了靠近我心脏的皮肤上，我的心在那一刻忽然狠狠疼了一下。

我想，至少这一刻，她是真的爱着我的。

5

我在那家珠宝店观赏了很久，并不停地要求店员拿最新款的钻戒。当时针指到2：10的时候，我透过落地的玻璃窗户，看到一辆黑色的车正不急不缓开过来。如果没有什么意外，一分钟内，它将经过珠宝店门口，再向前驶去。

换一句话说，不管有没有意外，这辆车每天下午2：10左右会准时经过这个珠宝店门口。

我抓起一枚最大的钻戒，在店员和保安们目瞪口呆还没反应过来的时候，飞快地朝门外奔去。

很快身后警铃大作，店里一片喧哗，夹杂着保安凌乱追逐的脚步声。

但是此时，已经如我所料，我已经奔出门去，并且摔倒在一辆车前。

随后而来的保安把我扑翻在地，并且强行从我手中抢夺那枚戒指。但是我紧紧握住手掌，任凭那冰凉坚硬的钻石生生割破我的皮肤。

车上的男人在喧嚣吵闹中走下车，他非常诧异地看到，几天前，他在澡堂遇见的那个拿着硕大钻戒的男人，此刻被当作一个贼按翻在地。这个男人，就是林总。

面对珠宝店负责人的盘问和指责，我只说了一句话："这个戒指上的钻石太小了，上一次我偷了一个女人的钻戒，比这个大多了。"

我看到站在旁边的林总呆呆愣了很久，他的表情由吃惊、愤怒，最终变成如释重负。

在被警车带走前，我看到林总回到车里，并且调头转回了方向。我想，他大约是回家向他的妻子道歉，因为他的妻子就是柏安妮。

我终于可以摊开手心，对着那几道血迹斑斑的戒痕说："柏安妮，谢谢你，曾经爱过我。"

小纠缠

1

那天，谢明珠本来是和男友郑家成一起去参加朋友聚会的，但是郑家成临时加班，她便一个人去了。

谢明珠 29 岁了，属于大龄剩女，她在银行上班，家境富裕，漂亮小资。婚姻队伍里常常有两种人赶不上趟，一种是条件差的，一种是条件好的，她就属于后者。

郑家成是亲友介绍的，32 岁的海归，在一家跨国企业做副总，身材高大，言谈优雅，理着平头，穿着永远板正而规矩。她对他说不上爱，甚至连喜欢都不明确，但是所有人都觉得般配，好似他们应该顺理成章结婚生子。

她觉得他们的感情就像一条缓缓的河流，没有惊喜若狂，也没有惊涛骇浪，所以她也不会为他的缺席而生气。同时也是因为她早已过了撒娇生气的年龄。

聚会人很多，都是青年男女，有认识的不认识的，大家在一起聊得兴高采烈，掷骰子侃大山。谢明珠喝了不少酒，聚会结束的时候，在她旁边有个年轻的男人主动站起来要送她，他说："我也是一个人来的，正好顺路。"

他是一个女友的男友的朋友。

他骑的是一辆摩托车。上路后，在车速的颠簸中她抱住了他的腰，迷迷糊糊感觉他很瘦，却不是那种纤瘦，而是那种长期运动锻炼的精瘦。

后来到了她住的小区，他说："那你自己进去吧。"她踉跄着走了几步，差点跌倒。他赶紧停稳摩托车，一把扶住了她。她依到他身上，哇地吐了出来，吐得他的外套到处都是。他叹了口气，只好把她扶上楼去。

她住的地方是市中心最贵的地段，几年前她就从家里搬了出来，独自居住，自由舒适，符合一个大龄单身女人的生活方式。

她在电梯里就把钥匙交给了他，迷糊中感觉他开门，把她扶到床上躺下，还帮她脱下脏外套和鞋子，从卫生间拿了热毛巾帮她擦脸。中间他还嘟嘟哝哝说："没有酒量还喝那么多！"

不知为什么，她在昏昏沉沉中一直在想这句话，想象他说这句话嗔怪的样子，她觉得只有很亲近的人才有这样的语气。她一直想努力睁开眼睛看他到底什么样子，却使不上力气。

而后他关门离开，她一直都没看清他到底什么样子。

第二天，早上醒来，她看到自己完整无缺地躺在床上，只是屋子有些凌乱。她收拾了一下，想起昨晚上是一个陌生年轻男人送自己回来的。

她又努力想了想，聚会时有人介绍过他的名字，她没记住，只是隐约记得他的工作是运输公司的。

2

几天后的一个上午，她送走一个来办业务的 VIP 客户，迎面碰见一个身上背着“× × 快递”的年轻男人。他有些惊喜地叫住她：“哎，你在这里上班啊！”

她有些迷茫，年轻男人轻声提醒：“那天晚上你喝醉了……”

她一下子想起来，原来是他。她仔细看清他的脸，很年轻，大约有二十四五岁吧，或者更年轻，嘴角上扬，眼神明亮，有一种轻快的俏皮。她努力思索，终于把眼前的这张脸和那晚送自己的人重合在一起。

原来他是这个样子的。

她忽然有些不好意思起来，为那天自己的失态以及弄脏了他的外套。她说：“晚上下班你来找我吧，我请你吃饭。”他说好，把名片给了她一张，“以后有什么快递要发，打个电话，我会第一时间赶过来。”

他叫童飞。他走后，她有些微微的失落，原来运输公司的副主任是这样子的，居然是一个送快递的。但很快她又释然了，他是做什么的，关自己什么事。

下班前，行长领来一个新手，让她教导基本业务。她便很端正严肃地一步步指点，那个小姑娘连连点头，像谆谆受教的小学生一般，让她很有成就感。后来她抬头透过厚厚的玻璃挡板看到一个男人正用很崇拜热烈的眼神看着自己。

是童飞，他站在那里等了半天。

她赶紧处理完事务出来，她说：“你等急了吧？”他微笑，故作老成地说："等待是男人应有的美德。"

两人一起出门，她看到他眼神闪烁，略带忐忑，却故作镇定。她一下子看穿了他的内心：他想约会她。

恰好那几天郑家成也没空约她，一个人闲着也是闲着，她答应了。她对他有一种说不清的感觉，既新奇又好玩。她还从来没有交往过比她小的男人。

她挑了一家便宜的小吃店。果然，他抢着结账了，她知道他的工资肯定不高。其实那样的地方她从来不去的。她习惯了咖啡和西餐。

他跟她谈自己的工作，每天骑摩托车在大街小巷窜来窜去，可以成为一张活地图了。他诉说着各种有趣的见闻，努力表达着这种工作的不一般，但是她还是感觉到了他内心的自卑和掩饰。她并不点破。

一个男人在一个女人面前刻意表现，只能说明一个问题，他喜欢她。而她不揭穿，是因为她不想让他知道她明白他的用心。

她清楚自己给不了他明确的答案，但是她却愿意跟他在一起。

送她回家的时候，他叫她的名字，明珠。她假装很严肃地说，叫明珠姐。他脸红了一下，加了一句姐。

到了小区门口，他忽然惊呼一声："你脸上有个蚊子，赶紧闭上眼睛，我赶走它。"她下意识地闭眼，他猛然在她额头上亲了一下。她闻到他身上有舒肤佳香皂的味道，还夹杂着另外一种气息，一种男人身体的味道。这种味道和男友身上的不一样，这让她的内心猛然悸动了一下。

而后，他飞快跑开了，他说："明珠姐，我不知道你今天晚上会不会做噩梦，但我肯定会有好梦的。"

3

周末的时候，男友去香港出差，她闲得无聊，恰好童飞打来电话，约她一起去郊游。他骑着摩托车，还带了一箱子东西。

他带她去了河边的山坡上，那里有很多附近的大学生情侣在放风筝。他买了一个风筝给她，她放线的时候，他从箱子里拿出了很多东西。有铺草地的单子，有水果、零食、听音乐的MP4，他真是个细心的男孩子。那一刻，她觉得自己喜欢上他了。

那天她玩得很高兴，她像那些年轻的学生一样牵着风筝跑。微风和煦，阳光普照，时光仿佛倒流，她回到了青葱时代，充满了热情的朝气和激动的心情。

上大学的时候，有个男孩抽烟、喝酒、打架，同学们都以他为耻。但是有天晚上，她一个人在路上被几个混混打劫，是他跳出来把混混们打跑了，自己也受伤了，但是还是坚持把她送到学校门口。

她在他身上闻到过同样的气息，她在那一刻喜欢上他。但是她是一个好学生，她从来没有表现出来。后来，听说那个男同学去了南方，再未相见。

时至今日，童飞再次让她领略到那种新奇而自由的气息。她感觉到有温暖而新鲜的血液轻轻渗透心脏。

后来，她玩累了。在夕阳的晚照中，两个人并排躺在单子上，相视一笑。她以为他会说什么，但是他却微微闭上眼睛，紧紧箍住身体，什么也没做，什么也没说。她也闭上了眼睛，很快睡着了。

等她醒来的时候，天已经黑了，身上盖着他的衣服。他坐在旁边，目不转睛看着她。她有些不好意思了，故作生气问他：“你看我做什么？”

他有些呆呆地说，好看。

他喃喃地说：“你相信一见钟情吗？我第一眼看到你的时候，就喜欢上你了。你跟我以前认识的女孩太不一样了，你是如此地优雅大方，虽然喝醉了也不失可爱。还有，你工作时候，太有魅力了。”

这是她这辈子听到的最动听的情话了，她也被感染了，她说：“我可比你大多了。”

他摇头：“年龄有什么关系，我只是想喜欢你。”

她看着他，年轻而明亮的眼神。他是那样漂亮的一个小男人，她忍不住把头趴进他的怀里，深深呼吸着那种甜蜜的气息，就这样坐了许久。

后来，他送她回家。她说：“你不上来坐坐吗？”她这样说已经很明确了，如果他进去后有进一步举动，她也不会拒绝的。

但是，他想了许久，有些心酸地笑着说：“太晚了，拜拜。”

她想，他不是喜欢她吗？她在电话里一声咳嗽，他立刻送了冰糖雪梨过来；她说肩周炎犯了，他去跟盲人师傅学按摩，帮她治疗。

总之她有什么要求，他尽量做到。某天，他送了一套施华洛世奇的首饰给她，他说他辞工了。她知道这套首饰是他大半个月的工资。她没问他为什么辞工，只是暗暗找人查了他。

一查不要紧，结果让她大吃一惊。原来，他是被快递公司辞退的。因为公司丢了一件货，恰好他是有前科的。他母亲早逝，父亲是工人，薪水微薄还嗜酒。他高中就辍学，因为偷窃劳教过一年。

她想，该同他分手了，不然被同事和朋友知道了，就太没面子了。

她不同他联系，他打来电话要么不接，要么借口忙，匆匆挂掉。她相信他是个敏感而聪明的人，他知道她的用意。

他果然不再打来电话，从她的生活中消失了。

4

没有童飞的日子，谢明珠忽然不习惯了。她喜欢听他嘻嘻哈哈地说笑，喜欢看到他故作深沉的样子，是他曾经把她的日子装饰得五颜六色。

郑家成依然很忙，有时间在一起吃顿饭，也是很寡淡的。有次她忽然跟他说："在一起真没意思，我们分手吧。"郑家成头都没抬回道："别闹了，我明天还有会呢，等我忙完这阵儿就陪你去拍婚纱照。"

他以为她在气他没时间陪她呢！她愣愣地想了一番，还是底气不足地打消了分手的念头。

初夏的时候有很多人在步行街摆夜市，离跟童飞最后一次见面有两个多月了，她没想到在那里看见他。

他跟一个女孩子在摆地摊，卖的是拖鞋。生意并不好，两个人说说笑笑，还一边打闹着。那个女孩子胖胖的脸颊，画着很廉价的妆，睫毛涂得跟苍蝇腿似的，一不小心就揉到眼睛里去了。他低头帮她吹了吹。

谢明珠看在眼里，没来由地心酸起来。她转身快步准备离开，恰好他一回头就看见了。他同她打招呼，喊她明珠姐，故作若无其事，但她还是听出了一些不自然。

她问他："你女朋友啊？"女孩嘻嘻笑着，他笑笑，没有承认也没否认。

他说："我想清楚了，还是正正经经做点事情，不能总是混日子。摆地摊也能养家糊口。"

后来他送了她一双拖鞋。她找了个借口，匆匆离开了。

她越想越觉得惆怅，她没想到他这么快就找了新的女孩，看到他们亲密的样子，她莫名其妙忌妒起来。正想着，她已经出了步行街，走到了马路的中间。一辆拐弯的小货车忽地开了过来，眼看就要撞上了。她吓傻了，惊叫一声，一只有力的胳膊一下子把她拉到边上。她听到尖锐的刹车声和嘭的一声。是童飞，把她拉过去，自己的胳膊却被刮了一下，鲜血立时流了出来。

她惊魂未定，哇的一声哭出来。他抱住她，轻抚后背说："我不放心你，跟了过来。"

他说："我知道我们不是一个阶层的人，可是，我只是想喜欢你，为你做什么我都愿意。"

那一刻，她觉得世界上只有他的怀抱最温暖，那里有她渴望的气息，她紧紧抓住他的手说："我们还能再在一起吗？"

他笑，轻轻嗯了一声。然后他说，那个女孩是我表姐的女儿。

在医院做了简单的包扎，她一直握着他的手。那一刻，她忽然感觉，能被一个人热烈地爱着、关心着，是多么美好的事情。

后来她才发现自己新买的 iphone4 手机在撞车时丢了。童飞说："我送你一个一样的。"她知道他没有那么多钱，想拒绝。他说："恰好一周后是你的生日，就当送你的生日礼物吧。"

5

她没想到那是她最后一次见他。此后一连几天都没有他的消息，电话打不通，去摆摊的地方也不见人。

在她生日的前一天晚上，在街上遇见一个朋友，并得到一个惊人的消息：“童飞被抓了起来，罪名是入室盗窃。”

据说这宗盗窃案还很奇怪，被童飞打开的抽屉里有屋主当天取的10万元现金，他只拿了几千元。不过不管多少钱，他盗窃的过程被监控拍了下来，最终被抓。

听到这个消息，谢明珠微微震动了一下，但她很快恢复常态，跟朋友道别回家。

她没跟身边任何人说过跟童飞的过往。

她这样的女孩，家境优越，受过良好的教育，生活端正，穿着优雅，讲究卫生，忌讳粗口，心中充满骄傲，能与之匹配的也只能是商业精英与富二代。

她这样的女孩子生活循规蹈矩，爱情婚姻目的明确，可是寂寞的内心在午夜梦回的时刻却是那么渴望有一个男人，用他热烈的爱情和年轻而充满活力的身体来解救她沉寂的灵魂。

她想起上学的时候看古龙和金庸的武侠小说，那些英雄救美、荡气回肠的情节，常常让她惆怅满怀，热泪盈眶。

她感怀落魄英雄带富家小姐私奔，可真的有这样的男人出现在她生活当中时，她却权衡犹豫。

她即将过30岁的生日了，相较一场动荡而激烈的爱情，一场稳定而殷实的婚姻更适合作为礼物。

在她生日的上午，她收到一份快递，打开一看，是从淘宝上买的苹果手机。她呆呆怔立，恍恍然然半天回不过神来，心里有种莫名其妙的忧伤如野草般疯长。

她想起童飞盗窃的几千元，恰好是这个手机的价格。

她想，他已经决定摆地摊踏踏实实挣钱，如果不是为了给她买手机，一定不会重操旧业。

她的眼泪啪啪落下来，落到手机上。她知道，这段情，于她而言不过是大都市里的一段小纠缠，她终会嫁给男友，做一个沉寂而寡淡的中产阶级家庭女人；而于他，却是拼将一生休，尽君一时欢。

烟花谢时笙歌停

1

苏眉被老莫看中是在一辰的博客秀里。苏眉留着民国时期的学生发式，穿着藏蓝色的对襟旗袍，眼神沉静，眉目清秀，端坐在木制藤椅上，宛若一袭旧时的华美雕塑。她被一辰摄制成相贴在上面，照片下有标示：女友苏眉。放在一大堆山水风景中供人观赏，同时也为他的摄影楼招揽生意。

正在浏览网页的老莫在瞬间被击倒了，他想起了20年前的初恋情人，她是怎样轻轻地把手放在他的手心，然后低下头抿唇微笑。细腻的面颊上，是潮红色的天真。片刻的恍惚中，老莫几乎把她们视为一人。

40岁的老莫做了个超越他年龄和生活习惯的主动行为，他在炎热的6月徒步去了一辰的摄影室。简陋的屋子里，只有一个长相英俊的年轻男人正用手狠狠拍一个破旧的相机，大约是老化得无法使用了。老莫指着墙壁上苏眉的照片单刀直入："我要她，多少钱你会满意？"

一辰先是吃惊，而后他扔了相机蹦过来，攥紧了拳头，从牙缝里迸出几个字："你疯了？"

老莫忽然笑了，他点了支烟，轻吐一口："10万怎么样？"

一辰的脸忽然红了，他哆嗦着，嘴唇颤抖起来："你是谁，为什么要我的苏眉？"

老莫没有回答他的为什么，他轻描淡写地说："我是老莫，开发房地产的老莫，给你20万怎么样？30万呢？不能再多了。"

一辰双手捂住了自己的脸，蹲了下去，将头埋在膝间，半晌没有吱声。他的沉默持续了许久，然后用近乎耳语的声音问老莫："能不能再赞助我开个摄影展？"

老莫笑了，他把烟扔到纸篓里，又在未熄灭的烟上吐了口唾沫，他说："我要苏眉明天到我的公司上班，她的视线内，你都不得再出现。"

2

是夜，在摄影楼的木板床上，一辰忽然翻身痛哭起来。他抱着苏眉，一字一句，泣声泪下，他说他欠了钱，人家提出条件让苏眉去他的公司上班，他让苏眉一定要答应，不然他就死定了。

苏眉起身，借着窗外微弱的灯光，她看见镜子里的自己，那张脸上隐约出现了从来未有的忧郁。原来，伤痛与爱情永远是枝蔓相伴着的。

天亮的时候，一辰拖着早已收拾好的照片与箱子，他抱着苏眉亲了又亲。他说："我多舍不得你，但为了还钱我必须去找工作了。"他哭了起来。

苏眉一如既往地沉静，她光脚为他开门，柔软的脚底在凹凸不平的地面上被扎得生疼，依旧浑然不觉。

一辰站在门口，隔着一道门缝的距离，他抓住苏眉的手，一遍遍告诉她："我是多么不舍得你。"他摸着她的脸，他的眼神迷离："这样漂亮的脸，我真的不舍得啊。"他说："苏眉你一定要记着去了那里，公司老总老莫让你做什么都不要反抗好吗？过不了多久我就会回来找你的。"苏眉点头，她是那么爱一辰，她想她这辈子最爱的就是一辰了，她一直都听他的话。

苏眉推开一辰的手，把门重重关住了，仿佛用尽了全身力气。她转身背靠在门后，眼泪哗哗流了一地。她说："一辰，你走吧。"

门外有细碎的啜泣声，然后是脚步离开的声音。良久，一切沉寂，苏眉才发疯了般地跑出去。清晨的阳光明媚清新，街道上人迹寥寥，一个光脚穿着睡衣的美丽女子，在大街上凌乱而慌张。她跌撞着走进隔壁小卖部，急切地拨通了一辰的手机，她说："一辰，一辰，我爱你。"电话那端很嘈杂，有"已到 ×× 站，乘客请下车"的机械声音。一辰没有说话，重重叹口气后，关了手机。

3

苏眉穿着棉布的裙子，平跟的鞋，粉黛未施的脸上依旧是淡淡的沉静。当她出现在老莫的办公桌前时，电脑主机的轰鸣忽然停止了，一切都归零了，老莫在长久的眩晕中久久发不出任何声音。

苏眉做的是文案方面的工作。她的桌子在老莫办公室的门口，一出门就能看见她临案静坐的乖巧模样，老莫的心忍不住生出怜惜之情。这是他的老婆领着儿子去了美国接手岳父的生意后，他游弋在不同的女人之间，第一次产生的异样感觉。下班后，他领她去吃日本料理，整个过程她都一言不发，安静温驯地听从他的安排。她被生鱼片的作料呛得眼泪都出来了，依旧不要清水，不说话。

老莫把她带到一套房子里，递给她一串钥匙说："以后你就住在这里，卧室的抽屉有现金和银行卡，平时你可以自行支配时间，也可以去公司上班。"

苏眉点头接过钥匙放到桌子上，兀自去了卫生间。等她裹着浴巾出来的时候，老莫已经离开了。那一刻她忽然感觉，老莫这个人也没有想象中那么恐怖。

第二日苏眉照常去上班。她处理好手头的文件，去会客厅学习销售经验。老莫站在门后看着她较真的样子，这个女子和其他的不一样，并不仅仅是相貌上的区别。

对于老莫送的礼物、表达的好意，苏眉照单全收，亦不反抗和多问。一周后的晚上，老莫提前打了电话，从酒吧里结束后直接去了苏眉那里。

苏眉穿着棉布的睡衣开门。仿若早就有了默契，她放好了洗澡水，为他脱去上衣和鞋子。早知道这会是个既定的过程，她心平气和地坐到床上，遥控板在手里不停地换着电视频道。等老莫出来的时候，当他走过来抱她，她的身体还是禁不住颤抖起来，她说："你能不能把灯关了？"

老莫把头俯到她的发丛中，深深吸了口气。看着他眼里的欲望，她的身体不由自主地痉挛起来，她闭上了眼睛，双手拽紧床单。

老莫说："宝贝，我希望你快乐。"苏眉再也忍不住轰然泪下。

4

开始的时候，老莫对苏眉表现了无限的痴迷和爱怜。老莫从不健身，周末他送苏眉去健身房，自己在走廊的凳子上等待着，整个上午或者下午都不嫌烦。

苏眉生病的时候，老莫会在菜场采购一番，然后亲自下厨做饭，再用勺子一口口喂她，像哄孩子一样企求她多吃点，再多吃一点。

那天苏眉出门的时候忘记带手机，后来遇见一个旧日的姐妹。姐妹告诉她在邻市看见一辰了，开着跑车，拥着一个年轻的女孩子。

后来，苏眉独自去了酒吧。她醉了，当出租车把她送到楼下的时候，在路灯昏黄的光线中，她看见了在长椅上呆坐了一天的老莫。苏眉问他："你有钥匙，为什么不在楼上等？"老莫抱住她说："我想早一点看到你。"苏眉哭了，她第一次主动亲吻了老莫。

苏眉开始习惯和老莫在一起的感觉，这个男人照顾她的生活，陪伴她吃饭、看电视，甚至躺在他怀里睡觉也很舒服。

这样的日子持续着，对于老莫来说，最初的新鲜感也开始渐渐消磨，甚至他开始怀疑苏眉当初的冷漠和平静，是否是一种做作的伪装？男人最原始的征服欲又开始蠢蠢欲动了，他来苏眉处也渐渐少起来。

这段时间的夜晚，苏眉常常在网上打发时间。她喜欢和 QQ 里一个叫江泽的男人聊天，在她情绪低落的时候，她不肯告诉他原因，他会开了视频和她说话。视频里是一个修着平头，穿白衬衣，写策划书时需要喝咖啡提神的单身男子。他告诉她："每个人都有不为人知的一面，或者一些秘密折磨得我们很痛苦，可大家不都是这样过吗？你要学会给予自己宽恕和快乐。”苏眉想：是吗，大家都是这样过的吗？

半年后的一天，由于日期的推算错误，苏眉怀孕了，几乎是不假思索地，她去药店买了流产的药自行处理。老莫来的时候，苏眉正在卫生间里痛得死去活来。当暗红的血液奔涌而出的时候，老莫一把拽起苏眉狠狠扇了她一巴掌：“你这个蠢女人，为什么不生下来，难道我养不活一个孩子吗？”

老莫把苏眉送到医院，检查的结果是药流不全，需要再次手术。老莫交够了押金后离去了，走前他面无表情地说：“我知道你不爱我，所以不愿意为我生下这个孩子，你一直都忘记不了那个男人。”

5

出院的日期到了，苏眉的心开始茫然起来，她不知道要不要回老莫的房子里，从老莫道破她的心事后，她是没有理由再回去的。然后一个男人出现了。他带着一大束向日葵站在医院的走廊上，笑眯眯地看着苏眉，是年轻英俊、她始终想念着的一辰。

一辰把她带到租住的房子里。一辰说他这一年都不好过，最近才赚了点钱，就赶紧还了老莫，以后苏眉都不用去上班了。

苏眉知道他在说谎，却没有点破。明明知道一辰把她卖了，明明知道是老莫把她甩给一辰的，可她忘记了所有的前嫌，她一直都那么爱他，爱到愿意接受他的一切安排。

他过来抱她，两个人开始纠缠。他表达，她渴望，爱情到了一定程度，会形成一种惯性，彼此的甘愿会掩盖一切痛楚。他还是会抚摸着她的脸，从额头到脸颊再到脖颈，一遍又一遍，他的眼神依旧痴迷，他依旧喃喃说着：“这样漂亮的脸，我真的舍不得……”

一辰每天都来，然后一会儿就走了。他说：“宝贝，我要去赚钱，我要让你以后衣食无忧。”苏眉傻傻笑了，她想要个孩子了，那次在医院里的手术后，医生告诫她说她的子宫壁已经很薄了，有条件的话，赶紧生个孩子，不然，以后都会丧失做母亲的权利。

苏眉再次怀孕了。她满心欢喜地告诉了一辰，并说要把孩子生下来。一辰的脸在瞬间冷了下来，他说：“你不要闹了，现在不是开玩笑的时候。”

苏眉吓哭了，她说：“一辰，我一定要这个孩子，我们结婚好吗？”

一辰愤怒了：“苏眉，不要妄图用孩子拖住我，你这样不清不白的女人，谁都知道你跟过老莫，我娶了你，以后如何见人？”

苏眉呆住了。一辰说：“苏眉，对不起，我已经准备结婚了，她是很简单单纯的人。你把孩子做掉，做我的情人，我会养你一辈子。”

他留了一笔钱，像3年前一样，这个男人再次离去。

6

苏眉打电话给一辰，她低低恳求他：“一辰，一辰，我爱你，不管你和谁结婚，我都要把孩子生下来。”电话被挂断，5分钟后响起。一个女子居高临下的声音传来，她说：“你是苏眉吧，一辰快和我结婚了，你死缠着他有什么意义，他始终是不爱你的。”

电话那端有一辰的叹息声。苏眉默然听着，泪水哗哗落了下来。女子叫嚣够了，继而转换成温软语气：“苏眉，我知道你以前对一辰很好，但是，你们没有缘分的，以后，你们可以做朋友，你可以到我家里来吃饭……”

苏眉说：“希望你们好好的。”然后挂了电话。烟花会谢，笙歌会停，谁的眼泪会倾城？她想，对于一辰，她终于可以死心了。

苏眉一个人在床上躺了3天，她还是决定把孩子生下来。她打电话给江泽：“我可以到你那儿住几天吗？”电话那端有清脆的笑声：“有人做伴为什么不可以呢？”

她对江泽的认识仅限于网络，知道他未婚独居，有良好的生活习惯和外企的部门经理工作。可除了他，苏眉并无什么朋友。

坐了3个小时的火车，当江泽年轻的笑容出现在出站口的时候，苏眉悬着的心终于轻轻落地了。事实也证明她的做法是正确的，江泽住的是三室的房子，他安排她住另外的房间，从不问她的过往。

夜晚他们在凉台聊天，不外乎一些风土人情之类。夜风有点微凉，江泽拿了外套给苏眉披上。他的眼中有极其温柔的神情，苏眉在刹那闪现一个念头。一切都毫无预兆，她过去吻他，她的人、她的气息慢慢逼近，她的眼睛赤裸裸地表达着欲望。她捉住他的唇，潮湿柔软的包裹在刹那间带给她强烈的安全感。不合时宜地，她有想哭的冲动。

江泽有片刻的迟疑，但很快他的眼神渐渐迷离，大而宽厚的手掌从苏眉的颈项一直抚下去，一遍遍地细抚，任何一寸肌肤也不遗漏。好像回到被母亲安抚的婴孩时代，苏眉沉溺在铺天盖地的安全感里。

半个月后，苏眉告诉江泽她怀孕了。她低着头，因为紧张而脸色潮红。她说：“我不会逼你，如果你不要他的话，我会离开你，毕竟我们没有什么感情基础。”江泽沉默了片刻，他轻轻抱住了苏眉：“如果你愿意的话，我们这个月就结婚吧，感情也是可以培养的。”

7

8个月后，苏眉生下一个男孩，长相酷似一辰。苏眉忐忑不安地等待着江泽的疑惑和问询，他却抱着孩子不停地亲呀亲，满脸满眼的欢喜之情，仔细看去，丝毫没有伪装的成分。他说：“苏苏，我们重新换套房子，给孩子装修一个婴儿房吧。”他叫她苏苏，既亲切又平淡。或者这样才安稳吧，苏眉再一次定下心来。

搬新家的时候，苏眉整理江泽的书柜，从里面翻出了一本病历，上面清清楚楚地写着江泽在男性不孕不育医院就医的诊断过程。苏眉呆呆地跌坐到沙发里，久久回不过神来。

江泽推门进来的时候，看到了散落在地上的病历，立刻明白了怎么回事。他走过来把苏眉的头揽到自己怀里，他说：“对不起，我不是存心想瞒你的。”

苏眉呜咽着说：“其实你早就知道儿子不是你亲生的，为什么不说破？”

江泽说：“苏苏，谢谢你让我有了儿子，不管是不是亲生的，我会永远爱着你们。”

睡醒的儿子在旁边清脆地啼哭起来，江泽趴到床边爱怜地逗哄着。傍晚的霞光从窗户里折射进来，整屋都是灿烂的金黄色。

一个男人肯用自己难以启齿的缺陷来承担一个女人的欺骗，且在真相明了的时候，把一切过错和责任都揽到自己身上，除了爱，相信他还有比爱更珍贵的东西。苏眉想着想着，忍不住哭着笑了。

对于女子来说，一些爱情的伤痛只能是人生的一种过往，守望幸福却是知性男女各自永恒的愿望。

艳遇之后的意外事件

1

被派遣到H市做区域经理的第一天，丁海洋就办了一个新的手机号码。他还没顾得上告诉任何人，当天晚上就有下属为他接风。他喝得有些高，昏昏沉沉回到住处的时候，手机忽然滴滴响了两下，是一条短信："你睡了吗？我很想你！"

一个陌生的号码发来的，他想，大约是谁发错了，就没有理会。第二天晚上，他再次收到那个陌生号码发来的短信，依然是问候和想念。他没有理会。

第三天晚上，再次收到短信。这次他有些不耐烦了，直接打了过去，响了很久，一个弱弱的女声说："喂。"他本来是想骂几句的，结果听到这个声音后，莫名其妙地消了火气，他说："我想你发错了，这个号码是我新办的，我并不认识你。”

女声愣了一下，说了声“哦”便挂断了。一会儿，他再次收到一条短信，还是那个号码：“对不起，你新办的号码是我以前男友用的。我们在一起6年，一年前的一天他突然失踪了，电话也关机，我找不到他，只好不停地往这个号码上发短信。”

陌生女人的故事让丁海洋有些意外，也有些感动。由于工作的原因，他经常出入各种场合，见惯了那些虚情假意，欺骗利用。这个女人能6年如一日地固守一段爱情，确实难能可贵。

也许是太无聊了，他想了想，给她回短信：“你男友叫什么名字？也许我能帮你查查呢！”

女人回说：“赵凯。”这是个很普通的名字，他初来这个城市，当然不可能认识，他不过是找个由头想跟这个女人聊聊。

说到底，还是丁海洋觉得太寂寞了。一直以来，他对自己的生活都很满意，但是很不满足。

他出生在一个殷实的家庭，家教严格，学习优异，毕业后进入一家五百强企业工作，30岁刚过就做到了大区经理，年薪百万，住别墅，开名车。妻子是品性温良的女子，在一家学校做教师，儿子3岁。他的生活羡煞旁人，但是他总觉得缺少点什么。

有一次，大学同学聚会，一个同学领着一个非常风骚的女人，他忽然明白自己想要点什么了。他的生活太顺利、平静，他需要一点激情。或者说，他渴望一场艳遇。

那种需要花钱买的女人，他是不屑的。他渴望一个年轻，漂亮，不会影响他的家庭，又不贪图钱财，只想跟他谈爱情的情人！

这个陌生女人的出现，一下子点亮了丁海洋的希望。他开始猜测，她漂亮吗？她的身体寂寞了一年，一定很渴望男人的拥抱和安慰吧！

女人说自己叫殷素素，目前在一家物业公司上班。他想起金庸小说中的殷素素，那是一个美女。

他跟殷素素说了一些安慰的话，并告诉她，自己会帮她留意赵凯这个名字的。

2

偶尔，殷素素会发个短信问他找到赵凯了吗。他会很歉意地回答没有，然后会跟她聊几句。丁海洋是个很健谈的人，他跟她聊自己的工作、城市的天气和房价行情，他能把一个很无趣的话题说得精彩缤纷。

殷素素常常听得一惊一乍，女人很容易被聪明而又有能力的男人吸引，后来，殷素素常常给他发短信，偶尔提到赵凯，有时候就忘记了。两个人像朋友一样聊天，数落着各自无关交集的生活。

有一天，丁海洋在工作中出现了一点失误，结果失去了一单价值不菲的业务。那天，他心情很不好，晚上喝了点酒后，躺在床上就接到妻子的电话，把他埋怨一通。他很是憋火，就给殷素素打了个电话，她很适度地安慰了他，并跟他说知足常乐。

他们聊了一个多小时。殷素素真是个善解人意的女子，她还跟他说："喝酒很伤身的，如果我在你身边，一定给你煮点醒酒汤。"

以后，他几乎每天晚上忙完了都喜欢跟殷素素打个电话或者发个短信，他说他工作上的压力，说听到下属在厕所说他的坏话，说很多年不联系的同学来找他，说常常忙得中午顾不上吃饭。她也会跟他诉说自己的小烦恼，比如，很长时间都没有心情去逛商场了，说父母催她相亲结婚，说上班时候看到路边有吵架的，等等。

有次，她跟他说自己的奶奶生病了，需要一大笔医药费，她很着急。丁海洋试探性地说："要不我借给你点吧？"殷素素很是坚决地拒绝了，她说："我会自己想办法的。"

后来她想了什么办法，丁海洋不知道，但是就冲这点，他觉得她是个不贪财的女子，心里对她的好感又增添了几分。

有次公司临时想要他出差几天，恰好他的手机摔坏了，就没有跟殷素素联系。结果等他回去把手机修好后，便看到铺天盖地的短信："你在干什么？你出差了吗？到底怎么了？你怎么一直不在？……"几乎每天都有，她的关切有点像情人间中断了联系后的担忧，让他心里涌动起微微的温暖。

他赶紧给她电话告知了自己的情况。这件事之后，两个人都觉得彼此之间好像多了点什么，每天都要打电话或者发短信，这成了丁海洋的一个精神寄托。

3

聊得多了，殷素素就跟他说一些自己跟赵凯在一起的细节。她说他们是高中同学，一起考上大学，但是赵凯家中很穷，她便撕毁通知书，出去打工供他上学。女子的力量是薄弱的，她一直以为，她是为了他，这一切他都能理解。

他毕业后在一家广告公司上班，并很快升职。他带她去吃饭、逛街。赵凯迷恋她的身体，他说等他赚够了买房子的钱一定娶她。

但是，有一天发生了一件事情，赵凯忽然就消失了。至于是什么事情，殷素素犹豫了许久，还是没能告诉他。

丁海洋想，肯定是一个现代陈世美的俗套插曲。赵凯遇见条件更好的女子，但是无法开口说分手，干脆消失不见。

他安慰殷素素："你这样的女子，他不懂得珍惜是他的失误，你一定能遇见更爱你的人。"殷素素很感激。然后，他就提到了见面，因为过几天他就要调回去了，也许以后都没有机会见面了。

殷素素却想都没想，直接拒绝了。她说："这样不更好吗？你没听人家说相见不如不见吗？说不定见面之后，你再也不愿意跟我电话聊天了呢！"

丁海洋坚持，他说："我又不是小孩子，我相信见面之后，我对你的感觉还是一样。"

殷素素说："也许我比你想象中丑得多呢？"

丁海洋笑："我跟你又不是相亲，你长得怎么样我都会把你当朋友的。"

话虽然这样说，但是，丁海洋心里还是在盘算着小九九：如果是个美女，争取发展成情人，隔三岔五地出差过来偷情；如果是丑女，那就算了，大不了吃一顿饭就走人，以后再无交集。

后来，殷素素考虑了许久，跟他约定周六晚上 8 点，在爱情湾酒吧的门口见面。殷素素穿黑裙子，拿一本杂志。

地点是丁海洋选的，他听一个客户说那个酒吧里崇尚一夜情的人非常多。

4

爱情湾门口在夜晚很热闹，有卖烤玉米和爆米花的，有很多情侣。丁海洋远远就看到一个穿黑裙子的长发女子，手里拿着一本杂志，正在东张西望。走近了才发现，她的黑裙子很暴露，好似一件睡衣，不过她长得确实很妖艳，妆化得很重，眼睫毛上有闪闪的亮光，情人也许就应该找个这样类型的才够味道。

他走过去跟她打招呼："你好，我是丁海洋。"

她仿佛吃了一惊，定神看了看他后，也笑了说："你也好啊。"他从她手里接过杂志的时候才发现不是约定的那本，就问她："怎么不是约定的那本？"

她愣了一下说："你喜欢看女性杂志吗？不过我比较喜欢看稀奇古怪的新闻案件。"

他看了看手机，他刚换了一款最新的手机，时间刚好8点。他想如果这个时候妻子打来电话就很扫兴了，随手关了手机。

然后，他说："我们进去坐一会儿吧。"她笑着答应，并自然而然地拉起了他的手。

他点了红酒，随便聊了几句，无非是天气、堵车和酒吧人真多之类的话题。她的声音有些沙哑，话也不多，和平时打电话时判若两人，大约是第一次见面的拘谨吧，他想。

不过这有什么关系呢？她长得确实很漂亮，特别是身材好极了。这个时候，他发现她的手在桌子底下伸过来，抚摸着他，他已经有了微微的醉意。

她说："是去你那儿还是我那儿？"

他带她回了自己的住所，酒精让他体内的荷尔蒙急剧膨胀和发挥。一打开门，她就从背后拥抱过来，她的手沿着胸口一路向下，她的嘴唇也侵袭而来。他的身体立刻进入状态，翻身把她压倒在床上。

她真是一个很有经验的女人，高潮跌宕的时候，他大脑忽然冒出一个问题，这样的女人，赵凯怎么舍得突然失踪？到底他们之间发生了什么事情？

后来，他实在太累了，还没来得及问，就沉沉睡了过去。

清晨，他睁开眼睛，身边的女人已经不见了。接着他发现，屋子里一片狼藉，他的手机、钱包、笔记本电脑，所有值钱的东西都不见了。

他大叫一声，第一个反应就是抓起电话报警，但很快，他的手无力地垂了下去。

他抓起工作用的电话，拨通了殷素素的号码，居然接通了。他冷冷问她："为什么？"

殷素素说："对不起，昨天我失约了，我给你打电话也不通。有件事情我想了很久，还是决定先告诉你，其实我男友突然失踪是因为我出了车祸，左半边脸毁容。"

殷素素还说："如果你愿意跟一个毁容的女人做朋友，那我们就再约个时间见见吧。不过最好不要选爱情湾的门口，那里有很多小偷！"

丁海洋的大脑一片空白，他挂断电话，许久，他终于想明白了，跟他共度一夜良宵的不是殷素素，是一个用身体做诱饵的女贼。

他不打算报警，只当做了一场梦，关于艳遇的梦。完美的艳遇只能是男人的幻想，真正的艳遇从来都是充满陷阱和骗局的。

有个懂你的人，是最大的幸福

这个人，不一定十全十美

但他能读懂你

能走进你的心灵深处，能看懂你心里的一切

最懂你的人

总是会一直在你身边，默默守护你

不让你受一点点的委屈

真正爱你的人不会说许多爱你的话

却会做许多爱你的事

我欠你一个拥抱

1

在医院醒来，冯绵的第一个念头就是要照镜子。车祸发生的时候，在即将昏迷的前一刻，她清晰地记得有尖锐的东西划过面颊，脸上有温暖的液体流动着。

镜子里是一个头上缠满白色绷带的木乃伊，从左边的眼角到右边的嘴角，有一道很深的血迹渗透了纱布。她发出崩溃的哭声。

男友来看了她一次，随后借口工作忙匆匆离开。他知道自己罪孽深重。是车技不娴熟的他开车带她出去玩，在即将和一辆货车相撞的时候，他果断向左猛打方向，把坐到副驾上的她甩了上去。尽管，这是一个司机的本能，可他知道，他们的感情是完了。更重要的是，没有哪个男人愿意一辈子面对着一个面部严重毁容的女人。所以拆线后，男友出现了一次，在冯绵哭得昏了过去的时候，他悄悄离开，再也没有出现。

当天夜晚，冯绵企图割腕自杀，她心里充满了巨大的绝望。以前走在大街上，常常有自称星探的人拉她去做广告，说她漂亮得有做明星的潜质。她大学学的是医学，但因为漂亮，她没有进医院，而成了一家私企里业绩最好的部门经理。而如今，她狰狞的面目，让自己都感觉像见鬼了一样。

后来，查房的护士及时发现并把她抢救了过来。在父母悲戚的痛哭和劝慰中，她含着眼泪接受了治疗。公司派人看望她，但是，几天后，人事部便很委婉地在电话中告诉她，由于她的形象已经不适合做那份工作，公司已经重新安排别人接手她的位置了。也就是说，她失业了。

那天是她出院的日子。她回去后，再次选择了吞服大量的安眠药自杀。结果，被早有警惕的父母发现，再次被救了过来。母亲跪在地上求她一定要好好活着，他们就她一个孩子，如果她不在了，他们也没生活的勇气了。

父亲飞快地帮她在小区的附近找了个工作，是帮一家按摩院培训盲人按摩。因为她大学学的是中医，这份工作对她来说是非常容易的。最重要的是，那些盲人看不见，没有人会介意她丑陋的面孔。这份工作工资很少，但却能让冯绵感觉到生存的意义，至少能暂时打消她自杀的念头。

下班后，冯绵总是把自己关在房间里，唯一的乐趣和消遣是对着电脑打发时间。她在同城聊天室认识了一个叫潘安的很幽默风趣的男人，两人谈音乐、明星、物价、股市、牛奶和全球污染，越聊越投机。

潘安说自己属于那种生不逢时的人，他讨厌自己的工作，所以他从来不谈自己的工作，也要求冯绵不要谈工作的事情。他说他们的认识是一种神秘幽微和超凡脱俗的事情，甚至有一天深夜，他向她求婚，并承诺会爱她一辈子。

哪个年轻的女孩子不渴望爱情？虽然她不再漂亮了，虽然这份感情只是在虚拟世界里发生的，但足以让她欣喜若狂。正是因为这份虚幻，他们不会面对面地交流，不会因为她的丑陋而尴尬难堪，她毫不犹豫地答应了。

2

两人举行了很热闹轰动的婚礼，很多网友都参加了，祝福和撒花铺天盖地，还有网友给他们爱情公寓里送来了礼物。

在此前，两人都费了一番心力去装扮新房。房屋、家具、家电都是需要用网站专用的 I 币来购买的，而这些 I 币是需要提前通过银行账号或者手机号码来转换的。为此，冯绵花了自己大半个月的工资。她尽量不让潘安花费，尽管她的工资不高，可她觉得花在“家里”很值得，这个家满足了她生活中最大的渴望和渴求。

在现实中，她没有朋友。每天下班，她都会泡到网上，在那个幸福美满的家庭里，和“老公”聊一些甜蜜温馨的话题，互相诉说着思念和深情，种种花草，喂养一下宠物。

偶尔他们也会吵架，像每对现实中的夫妻一样，产生一些小的摩擦，但很快两人都会互相检讨，一切很快又会回归到幸福的状态。

整整大半年的时间，冯绵觉得自己是一个非常快乐的人，她甚至不再惧怕别人对她的伤疤指指点点。出门的时候，她不再躲躲闪闪，也不再于大热天里戴着大口罩。哪怕周围的人都抛弃了她，但只要她的“老公”还爱着她，那么一切都还是美好的，生活还是有希望的。

冯绵明白，这一切都是网上虚拟的，可她还是情不自禁陷了进去。在潜意识里，她觉得自己就是一个已经结婚并拥有美满婚姻的家庭妇女。有时候，培训班来了新的盲人，他们问她：“冯老师，你结婚了吗？”她会情不自禁地说：“结了啊。”

这期间，“老公”几次提到见面，他已经不满足在虚拟的世界交流了，他想要一个真实的妻子。冯绵都找借口搪塞过去，她非常明白，见面意味着什么，她苦心经营的婚姻将会毁于一旦。后来，他们领养了一个孩子，在孩子满月的时候，“老公”发出最后通牒：“再不见面，就离婚。”

冯绵最终同意了视频，她专程去买了个摄像头。“老公”在看到她的面容后整整沉默了3分钟，然后，一句话都没说，他的头像黑了下去，而后，他像她的那个男友一样，彻底消失了。

在冯绵再次上线后，她发现“老公”已经把爱情公寓里所有的家具和用品全部转让给了别人，而他们的房子也换了主人。她像个陌生人一样站在门外，无法入内。

冯绵趴在电脑前，悲戚地痛哭了一场。婚姻是虚拟的，但感情却是真实的。她感觉自己像被抽光了丝的蚕一样，铺天盖地的绝望和悲伤覆盖下来，那一刻，她再次想到了自杀。

3

在自杀前，她再次登陆了和潘安相识的那个同城聊天室，对那些过去曾经给她带来美好回忆的痕迹，做最后一次的阅览和怀念。

她用的网名叫“悲伤带来死亡”。下午的聊天室人声鼎沸，但没有一个是熟悉的名字。在她即将下线的时候，一个叫“垃圾桶”的网友突兀地冒出来说：“在死亡前，你能倾诉下自己的悲伤吗？”

她想了想，情绪在顷刻间回升到悲悯，她慢慢地告诉了他培训班里前几天发生的悲惨事情：“一个盲人从小就被父母抛弃，靠按摩存的预备换角膜的钱被人抢劫一空，还被打断了腿。”

垃圾桶说：“养好伤后他照样可以上班，继续存钱，只要不放弃，始终有一天会像正常人一样生活。”

这句话让她有了继续说话的欲望，她将自己的事情像讲故事一样，一点点诉说出来。她没告诉他那个主角就是自己，但等她讲完的时候，他沉默了一会儿说：“你就是那个被毁容，又失去了工作和爱情的女人吧？”

他说：“你觉得这就是最大的悲伤吗？其实每个人都有一个故事，有些人的故事比你更悲伤。如果你愿意，我想见见你，并且给你讲一个悲伤的故事，但是希望你能答应我一个要求！”

冯绵带着巨大的好奇心去了“垃圾桶”所说的一个咖啡厅。她不明白，何以有哪个男人在得知她有着狰狞而丑陋的面容后，还愿意见她一面！她觉得在自己自杀前，非常值得见一下这个人。

“垃圾桶”是一个面容清瘦而苍白的年轻男人。看到冯绵的第一眼，他并没有表露出任何诧异和鄙视的神情。他客气又不失礼貌地为她拉开椅子，并点好咖啡。

然后，他静静凝视她一会儿，那种目光平和而安静，而后才开始缓缓讲述他的故事：一个男孩在大学毕业后就被送到美国深造，他的父母经营一家非常大的房地产公司，每年纳税近千万，等着他回来接班就位。

但是，在他回国任职的当天夜晚，昔日同学为他接风。那天夜晚，他喝多了酒，被一个陪酒的送回酒店，稀里糊涂和那个人发生了关系。结果，两个月后，他被发现得了艾滋病。

冯绵被他的故事吸引了，他接着说：那个男孩从来没有谈过恋爱。此后因为体质的下降，他无法工作，终日被死亡的恐惧笼罩。身边的人慢慢知道他的病情后，像躲瘟疫一样避着他，医生说他大约活不过一年。

说到这里，他的脸色更加地苍白，并开始气喘吁吁：“我就是那个男孩，从发现得病到现在，我已经活了5年。我的父母给我提供了最好的生活条件，定期会送我到美国做检查，做辅助治疗。开始，我是为了父母才强撑着活下来。因为身边没有朋友，我喜欢在网上聊天。经常遇见像你这样悲观绝望的人，我就会试着说服他们微笑着生活下去，像我这样身患绝症的都能打破医生的预言，只要活着，没有什么困难是过不去的。做这些事情的时候，我会觉得自己的生命也是有价值的，生活也是有意义的，这更坚定了我活下去的念头。”

冯绵一直专注地听着，“垃圾桶”的故事让她心里先是震惊，而后是佩服。类似的经历让她不再感觉自己才是最悲惨的那个人，同时，他的话让她对生活开始了重新的审视。

最后，“垃圾桶”站起身，他说：“我吃药的时间到了，我要回家了，我想向你提个要求，你能拥抱我一下吗？对于艾滋病人来说，普通的接触并不会传染，我一直被周围的人隔离疏远着，这种折磨远远大于病痛对身体的折磨。我真的希望，能有人给我一个温暖的拥抱！”

冯绵呆呆地坐着，她的内心百感交集、感慨万千，一时不知如何作答。她想起自己被人疏远和排斥的生活中，何尝不渴望获得一些温暖和安慰？她也多么渴望能有一个温暖而友好的拥抱。可等她回过神来，男人已经拉开门离去了。

4

两年后，冯绵自己开了家按摩医院。因为按摩技术熟练到位，服务热情周到，生意蒸蒸日上。她去了趟韩国为自己做了整容手术，脸上的伤疤只剩下略略的痕迹，不仔细看，并不明显。她的开朗、大方、坚强、努力，让她再次成为一个美丽的女人。

她很快有了幸福的婚姻，生活如自己预期的那样安详而愉悦。很多时候，她在网上流连，都会用一个网名叫“我欠你一个拥抱”。她在寻找那个叫“垃圾桶”的艾滋病男人，她想对他说声谢谢。

偶尔，她会遇见一些在生活上遇到困难或走极端的网友，她也像“垃圾桶”那样，用自己的事实去开导和安慰他们，只要微笑着活下去，真的没有什么困难是过不去的。

寂寞至死

1

和夏易新结婚一年后，柏莉雅出轨了。

开始，她只是觉得无聊，空虚。除了新婚第一夜，他喝醉了，抱着她喃喃自语，叫她宝贝，温柔地跟她亲密。第二天早上醒来之后，他再无温柔。他总是很忙，很冷淡，常常忙到半夜才回，或者不回，回来也会睡到书房。

他不给她爱的机会和时间。

但是他给她很多钱。他是个很有能力的导演，到处有投资商找他拍片，他给她在抽屉里留下现金和永远都刷不完的信用卡。

开始她以为他真的很忙。她知道他爱他的工作。

夏易新曾经在香港和英国读过法律的硕士学位，但是他后来选择做了业余导演。他去香港把自己所有的资产都赔到里面去尝试，后来他认识了柏莉雅的姐姐柏莉丝。他们相爱，她支持他。

在他终于拍下第一部卖座的电影的那天夜晚，他们一起去庆祝。后来出了车祸，柏莉丝死了。

柏莉雅是在姐姐的葬礼上认识夏易新的。他看她的第一眼很震惊，她知道自己跟姐姐长得很像，只是心性和脾气不一样，但是却在爱情的选择观上出奇地一致。

她也爱上了夏易新。

因为姐姐的去世导致父亲的心脏病再度恶化，几个月后，父亲临终前把她交付于他。他很沉默地点头，并很快与她结婚。

婚后，她听到一些传言，说夏易新跟很多新片的女主角有绯闻。开始她只是笑笑，直到有一次她无意中发现了他钱包里有一些首饰的票据，显然，那不是买给她的。

于是，她留了心，而后她常常躲在他工作的地方，看他下班开车带着不同的女孩去幽会。她们无一例外，年轻、妩媚、喜气洋洋，这样的女孩很容易在身体上给男人带来快乐！

她捂着嘴痛哭，却发不出声音。她爱他，不想跟他摊牌，于是就假装什么都没看见。爱一个人，是多么痛苦的事情。

她寂寞，就去买东西。有人说，没有安全感的女人，才不停地去购买那些奢华的物品，填充自己空虚的内心。她去商场买最贵的衣服、鞋子、首饰，而后是家具。那个男人叫小安，是家具店的安装工。他长得并不是很帅，只是很年轻、很强壮。

有次天气很热，他在安装一个壁柜的时候，脱掉了上衣。她站在身后，忽然就有了莫名的欲望。第二天，她让他送了张水床过来。他在摆放的时候，她忽然从背后抱住了他。他迟疑了一下，他的喉结发出吞咽的声音，然后他还是转身抱住了她。

小安只是满足了她身体的需要，或者是帮她发泄了不满和怨恨。她并不爱他，仅此而已。他走不进她的内心。

2

她帮小安换了工作，毕竟是没有学历和经验的大男孩，为此她动用了一些关系，加上小安跟她亲昵的举动，自然也会引起一些非议。她并不避嫌，或者从心底而言，她也隐隐渴望夏易新知道。

她希望夏易新生气、动怒，甚至骂她、打她，至少这能说明他是在乎她的。可是，没有，什么都没有。

她相信会有人告诉他，可是他好像聋了、瞎了一样，什么都不问她。

有天下午，她知道他会回来拿一个剧本，故意跟小安衣衫不整地从卧室里出来。他只是有些惊讶地问："他是谁？"

她撩撩散乱的头发，很平静地回答："我买了新的吊灯，他是来安装的。"

她以为他肯定不会相信，换成别的丈夫看到妻子这样子，一定会一巴掌抡过来，而他只是淡淡地哦了一声，转身走开了。

倒是小安，吓得战战兢兢，遮遮掩掩躲到一边。

他走后，她沉默地流着眼泪，而后她拉着小安去购物。她给他买了很多高档衣物，他坐在她的车里惊叹车的价值。她毫不在乎地说："宝来怎么样？明天你去看车，我送你一辆！"

小安雀跃，但很快又试探性地说："其实奥迪也贵不了多少！"

她忽然就觉得索然无味和疲倦起来。是的，没有无缘无故的情和爱。她真想送他一份真心的时候，他却开始贪婪起来！

小安也感觉到了，于是不再提这个话题，顺从地被她送回家。

一连半个月她都不再联系小安。女人都喜欢以爱情为幌子的游戏，一旦暴露金钱与功利的真相，都会觉得毫无意义。

她觉得是该跟小安结束的时候了，但是他却不肯善罢甘休。他不停地给她打电话，甜言蜜语，软硬兼施。她终于妥协了，也想直接了断，她让他去她家里最后一叙。

他来后，便拖着她往床上去。这次她拒绝了，生硬而冷淡，她说："我叫你来，只是做最后的了断。"小安哀求许久，见没有效果也变了脸色，他冷冷笑着说："世界上没有免费的午餐，你想结束也行。"他说出了一个数目，那是一个天价。

她勃然大怒，没想到他会这样无耻和贪婪。她大声斥责和怒骂他，他也不辩解，只是很卑劣地威胁她说："我早就留了一手，如果你不答应，我会把一些我偷偷录下的光盘寄给你的丈夫。"

这句话让她彻底愤怒和失控起来。在小安背转身的时候，她抓起桌子上的水果刀向他扑了过去。小安发觉后，两人扭打在一起。突然，房门打开了，夏易新冲了进来，一拳便把小安打倒在地……

3

夏易新用拳头和钞票制伏了小安。

她趴在他的怀里嘤嘤哭泣，担惊害怕、恐惧、悔悟一起涌上心头。他轻抚她的后背，安抚说："不怕，不怕，什么都会过去的。"

后来，她沉沉睡去。她以为这是一个结束，也会是一个开始。

以前不爱的结束，以后慢慢爱的开始。她甚至想跟他发誓，以后再也不会多看任何男人一眼，她会全心全意做他的好妻子。如果他愿意，他们可以生一个孩子，相夫教子，其乐融融。

可是，他没有给她这样的机会。如新婚第二天早上一样，他再次恢复繁忙和冷漠，依然不跟她同床共枕，甚至连个拥抱都吝啬无比。

她偷偷跟在他身后，看到他跟新片的女主角去烛光晚餐。

她觉得自己变成了一个被彻底抛弃的怨妇，没有前途，没有退路，一个人在家，她常常听一首老歌，一个很靡靡的女声唱："如果没有你，我将不能活下去。"她觉得她就是这样的一个女人，如果没有夏易新的爱，她的生命没有任何意义。

那天，她喝醉了，去剧组找他。他说忙不见她，出来打发她的是一个年轻的配角，刚拍完当天的戏份，看她醉得不成样子，就替她开了车送她回去。

过了段时间，她跟那个配角混到了一起。她依然是不爱的，她只是想用这个方法引起夏易新的注意。这次的男人是他工作范畴内的，他无法无动于衷。

4

她忽略了另一个因素，每个人做事情都是有目的的。她有，而那个配角何尝没有？她过分关注夏易新的感受和反应，盲目了其他的考虑。

在他们交往的三个月后，很多八卦报纸都写得沸沸扬扬的时候，那个配角忽然消失不见了。

又过了段时间，她在一个下午接到那个配角的电话。他说，他在外地一家医院。他的腿被夏易新打断了，以后都不能做演员了。但是夏易新给了他一笔钱，足够他简简单单过完小半辈子了。

那天夜晚，她一直等到他回家，而后她从房间里跳出来质问他:“为什么要下那样的狠手？”她说:“你知道的，根本不关那个人的事，一切都是你逼出来的！”

开始他沉默不回答，后来他被逼急了才说:“我并不想做得那么绝，是他以此为要挟，想做下一部戏的主角！”

他说:“你以后不要搞那么多事出来，所有的爱恨都不是那么简单的，只是你自己想得太天真！”

她像被撕掉最后一层包裹的外衣，露出内心所有的不甘和怨恨，她咆哮着问:“那么我呢？我们之间的爱恨到底有多复杂！如果你不说清楚，我们之间永无宁日！”

他终于颓然坐到一边，然后告诉她说:“我爱的只有一个人，是你的姐姐柏莉丝！别的人永远无法走进我的内心。”

说完后，他转身去了书房，他不想面对她得知真相的表情。

她终于明白，在他的心里潜伏着一个深渊，扔下巨石也发不出声音，那个安装工和配角，都不过是一颗烟雾炮弹，起不了任何作用。

他爱的仍然是她的姐姐柏莉丝。后来，她看到他的日记，他们出车祸那天，他喝了酒，是她开的车，是她把方向盘打到他这边保全了他。所以他愧疚至今。

他与柏莉雅结婚，不过是完成她父亲的承诺。他在她姐姐死后，彻底成为一个灵魂上的爱无能。他觉得爱她，会是对她姐姐的背叛和欺骗。

他在身体上是个正常的男人，所以他宁愿去跟那些年轻的女演员进行一场身体的交换，而不愿跟她进行一场灵魂的相爱。

但是，对于她来说，爱他，已经耗尽了她生命中所有的激情和失望。这使她丧失了爱自己的能力。他的冷漠和不在乎，让她在一厢情愿的爱情中，感觉到自己的无能为力。

爱与被爱都是幸福的，而不爱和得不到爱，都会寂寞至死。

她的寂寞，他始终无法读懂，她终于彻底绝望。

在某天夜晚，他晚归的时候，发现她的房间没有光亮。他推门开灯，看见她躺在血红的浴缸里，已经死去多时。割腕自杀，用的是水果刀，跟她想杀死小安时用的是同样式的。

那把刀曾经给过她希望，现在成了她结束生命的道具。她只留下一句话：不爱，比死更绝望！

交换

1

3个月前，姚莉莉去巴西旅游回来，是在机场的免税店里遇见陆良辰的。他穿休闲西装，留的是平头，一尘不染。而她只是随随便便在黑毛衫上披了件橘色的风衣，化了简单的裸妆，懒散微卷的长发显得一袭风情无限。

他们都是到一个化妆品专柜购物的，她是买给自己的；他，一定是买给哪个女人的。只是一眼，都认出了彼此。她从来没有忘记过他，她知道他同样认出了自己。最初是一丝的惊愕、悲戚，而后便变得自然而世故起来。

两个人热情寒暄，在咖啡厅坐了一会儿，没有谁提到过去，好像都忘记了。说的是现在，他说3年前他已经从南非回来，经营家里的珠宝公司。她说她去年刚结婚。他问她嫁的是什么人。她说，在海关上班的。

他立刻来了热情："海关！那有机会请他出来吃饭认识一下，我公司有些原料都需要进口过关，让他多关照下。"

她不动声色："正常的程序进出口，不会有人为难吧！"

他讨好地凑过脸，看着她的眼睛说，多条关系好办事嘛！

中间他接了两个电话，听语气是年轻的女人在撒娇。她把脸扭到一边，佯装不知。

临道别前，互相留了联系方式，他硬是买了一套化妆品塞给她。她推辞了一下，便收下了。她不缺钱花，只是花他的钱有些怪怪的。

丈夫派车来接她，关上车门的时候，看到他站在那里，依然俊朗生动，她的心微微动了一下。任何一个人，失去了另一个人，都会活得一如既往。他如今不但有妻，还有别的莺莺燕燕，黯然酸楚是在怀念时候才会有的，只是，这些年，她教会了自己遗忘。

玉环飞燕皆尘土，世上何情能不朽？她终于明白，真切的感情，从来都不会是坚强不屈的。

晚上洗澡后，她坐在镜子前等丈夫回来，然后打开那些化妆品给自己细细地涂抹。她觉得自己的眼角有了淡淡的细纹，特别是笑的时候更明显，所以她不常常笑。

她的脖子上有一个白金的链子，下面挂着一个金戒指。那种老式的样式，非常地粗俗，所以她从来不戴到手上，因为一点都不配她的发型和服饰。她跟丈夫说，那是她母亲留下的遗物，有纪念意义，所以她一直带在身上。

实际上，那是陆良辰送的，在她 19 岁生日那天夜晚。

2

8 年前，她刚上大一。由于家庭条件不好，她每天晚上都在学校旁边一家酒店打工赚生活费。

有一天夜晚，有几个年轻的男孩来酒店吃饭，姚莉莉被安排到那个包间当服务员。他们点了一瓶 800 多的茅台，姚莉莉把酒拿进包间的时候，恰好有个男孩匆忙着出门，两个人撞到了一起，酒瓶掉在地上打碎了。她当时就吓得哭起来，因为她一个月的工资都不够赔的。

后来，那个出门的男孩把她拉到一边说：“这不怪你，是我打碎的。”男孩有一双好看的眼睛，长得还很英俊帅气，留着半长的碎发。他说他叫陆良辰。他还很亲切地喊她小妹妹。

到凌晨，他们结束，那个叫陆良辰的男孩已经喝醉，她自发地把他扶送回去。他住在旁边一个厂里的单人宿舍里，是那个厂里刚来实习的技术工人。

第二天，陆良辰专门来感谢她，请她出去玩。他说自已刚上班，不认识什么人，希望交个朋友。后来她才知道，陆良辰比她大 5 岁，父亲是一个房地产开发商，他没考上大学，结交了一群社会小青年，常常聚在一起打架滋事。他的父母把他送到附近这个厂里上班，希望能磨炼他的心性。

相处下来，陆良辰是个非常好的男孩。他不让她在酒店打工，不上课的时候，就带着她到处玩，吃烧烤，逛夜市，给她买生活用品和小礼物，还带着她在人前炫耀：“这是我的女朋友！”她感觉羞涩而甜蜜，她享受这样的感觉。

她19岁生日的那天，陆良辰来找她，他说他跟人赌球输光了，他的心情很不好。所以她直到晚上才告诉他自己过生日。他当即就离开了，等到半夜，他给她宿舍打电话要求她翻墙出来。

她翻墙出来后，看到他拿着一枚金戒指等在那里。他说："对不起，我今天没有钱买礼物给你，我刚跑回家把我妈的戒指偷出来送给你。"

她觉得幸福极了。那天夜晚，她跟他去了他的单人宿舍。那是她的第一次，疼痛短暂的一瞬间，注定了她一生漫长而绝望的爱。

3

很快她发现，陆良辰是个太过于贪玩的孩子，还悍勇冲动。她劝了他几次，都不能奏效。有次他们在夜市上遇到几个混混，不过是把对方的脚踩了一下，由于大家都不肯退让，最后动起了手。

陆良辰有个哥们儿叫了十几个人过来，双方打了起来。对方很吃亏，几个人都受伤。后来双方都被带到派出所，由家长赔钱领人。

这件事后，陆良辰家里管得严了一些。他的父母在金钱上开始有所约束。有段时间，陆良辰只能带她去吃路边摊，还总是嚷嚷这种日子不是人过的。

在她大二的下半年，陆良辰跟人打架后消失了两个月。那段时间里，有天夜晚，她被几个混混绑架了，他们逼问她陆良辰的下落。她确实不知道，她害怕极了，求他们放过他。到最后，有两个混混把她强奸后，把她扔到了巷子里。

她不敢告诉任何人，躲到宿舍里睡了一个星期，然后装作若无其事去上课。等过了段时间她发现月经没来，才知道自己可能怀孕了，她怕极了，整夜整夜地哭，好在这个时候陆良辰回来了。

她哭着把所有的事情都告诉了他，他皱着眉头什么都没说。第二天，他拿来3000元和一封信，托人交给了她，然后，他彻底消失了。

他在信里说："对不起，莉莉，是我辜负了你，我也不知道该怎么办。你拿着钱去把孩子打掉，忘记我吧。"

还是送信的人看不过去，告诉了她实情："陆良辰消失的那两个月是被家人安排去南方跟他父亲一个朋友的女儿相亲，那个女孩在南非有个开金矿的叔叔，而陆良辰的父亲在房地产上赔了不少钱，需要儿子的婚姻来挽救自己。"

她去私人诊所流掉孩子，因为月份大了，差点大出血死在手术台上，只是从此以后做不成母亲了。那一刻，她的世界彻底塌陷了，她知道自己的生命已经不会再有美好了。

她大学毕业后，在家人的催促中谈了两次恋爱，都因为不能生育而告终，后来在一次聚会上认识了沉默寡言的老谭。

老谭是乙肝携带者，他不主张生育后代。两人认识后，觉得非常默契，就决定结婚了。婚后她才知道老谭父亲是本地要人，但老谭对她非常好，信任与心疼她，让她亦觉得更珍惜和满足现在的生活。

4

陆良辰隔三岔五地跟她联系，请她吃饭，送不菲的礼物。他看她的眼神依旧深情，她知道她依旧美丽。同时她也知道城市就这样小，陆良辰应该也知道她的丈夫是什么人，他更是为了多条关系。

她问自己，如今跟他又能有什么关系呢？答案是很模糊的，也许她只是为了满足自己当初的不甘罢了。只是有天下午，他请她喝下午茶，她问他爱自己的妻子吗。他忽然就提起了当年自己的选择，他说：“我想你能理解的，我是一个男人，要以事业为重。”

他说：“爱跟身份、年龄、家庭、性格都没有关系，但是婚姻却与各个方面都相关，当年我爱你，却不能与你结婚。生活在一起的女人，却是一辈子不能互相理解的。”

那一刻，她忽然觉得心里一片荒凉，也许，等了这么久，就是为了等这句话。第二天，她答应替他约丈夫老谭出来见面。陆良辰有一批黄金饰品因为偷税一直压在海关提不出来。

第二天的饭局很顺利。结束后，她和老谭到停车场取车。陆良辰拿了一个厚厚的档案袋递过来说：“里面有我公司的资料，请你回去翻阅下。”老谭不明就里伸手接过。姚莉莉这时已经坐到车里，她顺手把袋子接过去，而后关上车门。

半分钟后，姚莉莉又从车子里出来，她手里拿的还是那个档案袋。她叫住陆良辰，把袋子还给了他，笑着说：“老谭答应会帮你的。”

她知道如果不收，陆良辰不会善罢甘休的，而收了也将会有麻烦。

几天后，姚莉莉供出陆良辰曾经送老谭20万的贿赂，只是被老谭发现后送回，有停车场的监控为证。

陆良辰被关后没有翻供。他以为，因为曾经爱过他，所以，她在他面前一直是透明的。只是没想到，她爱他，曾经是她的劫难，如今，成了他的劫难。

对于她来说，那段刻骨铭心的爱，让她从一个天真的女孩变为女人，她不再相信爱情，她宁愿选择遗忘。现实和爱情相比，如此直接和残酷。容不下任何迂回曲折的温暖。

星途背后的爱欲挣扎

1

我是怀着明星梦坐了两夜一天的火车。到站的时候，北京正下着大雪，漫天铺地。我蜷缩着身体蹲在北影门口撞运气，巴望能遇见有慧眼识英才的导演伯乐，一个留着大胡子的男人打着招聘“群众演员”的大牌子，看我探头探脑观望的样子，用脚踢了我一下：“20元一天，干不干？”

我低头摸了摸衣袋，阳光照射到雪地上格外刺眼，口袋里仅剩的几个硬币让我的心口重重抽搐了一下。除了喝自来水，我已经两天没有吃任何东西了，肠胃收缩的时候有种空荡的饥饿痉挛感，这让我的骄傲、理想和才华在瞬间荡然无存。我站起来问他：“还管饭吗？”

摄影棚里一场大型的古装武侠剧正紧锣密鼓地拍摄着，听说主演是一位小有名气的青年红角。场地外，数以千计的群众演员形态各异，翘首以待。我徜徉在人群里，贪婪地嗅吸着影视流淌出来的神秘味道，周遭无不是张扬和渴望的眼神。

一个月下来，我和诸多人一起，充当路人、小贩、店小二，每天20元，管饭，一种如若“行尸走肉”般的感觉无时不在。

那天，我依然饰演家丁的角色。剧幕排演到主角少侠历经千劫万难，学得一身武功来找杀父仇人，却被告知仇人早已患病逝去。少侠感慨万千，哈哈大笑正待离去，我忍不住忽然喊了声“停”。

所有的目光都逼视过来，导演的眼神冷若冰霜。我急急说：“他历经太多劫难，却未能手刃仇人，必定会有一种深重的缺失。他应该先是大笑，然后愤怒沮丧，会把人物演绎得更加有血有肉。”

导演狠狠把剧本扔到我的脸上：“你是什么角色，有什么资格发言？”我捂着被砸红的额头，强忍着内心的不甘。

一个一直端坐在角落里的高雅女人走过来，她对导演说：“按他说的，重拍。”导演很泄气但还是很恭敬地说：“好的，玫姐。”

玫姐长相平常，却有一种很高贵的气质。她转过脸对我说：“你中午休息的时候去后台找我。”

我兴奋不安地点头，心里想，那个玫姐不知道是什么人，连导演都如此服从，或者她就是我的伯乐。

2

在剧组后台的临时工作室里，玫姐像挑选货物般审视着我，眼神中有种灼热穿透稀薄的空气扑面而来。我深深吸了口气，对视着她的目光迎了上去。我已经知道她就是这部电视剧的幕后投资者，只要能攀附她，就有大好机会开始我的星运之路。

玫姐把脸逼过来："夏小天，你是个很有演绎天赋的青年，想不想成为明星？"

"想，我希望能有玫姐这样的高贵大方的人给我机会，我一定不会让你失望。"尽管她不是个漂亮女人，我还是不会吝啬对她的赞美。

玫姐笑着拿了支烟，我赶紧拿起火机为她点上。她轻轻笑着吐了个优雅的烟圈："夏小天，我给你个考验的机会。如果你能把握住，我会立马捧你做一部电视剧的主角。"

我说："玫姐，你放心，不论什么样的考验我都会好好把握。"我迷离着眼神，花痴一般看着她。

玫姐盯了我一下，然后再次很诡秘地笑了，她递过一张纸条。"王府井大街301号，安子。"她说，"我给你一个生活剧本，你让这个女人爱上你，爱得死心塌地，你就能通过我的考验。"

紧紧握住这个关乎命运的纸条，我心里充满疑惑，却什么都没有问，我知道一个聪明人在某些时候不说话才是最好的姿势。

3

我没有想到安子长得这样漂亮，眉眼如花。她站在王府井大街301号，一家小小书店里的一张桌子前焦灼地观望着，桌子上有个签名售书的牌子，旁边堆了几百本署名为安子的爱情小说。可除了她和店员，书店里没有一位顾客。而旁边所有的店里人群熙熙攘攘，门庭若市。

我走进去，看都没看买了她10本书。她签名的时候问我为什么。

我说:“我是个爱情的理想主义者,我喜欢你的小说。”她笑了,娇媚横生,却也有掩饰不住的欣喜和羞涩。我的心忽然动了一下，像平静的湖面荡起阵阵涟漪。

我走的时候对她说:“你的文字很优美，读起来有种很享受的感觉，希望还能看到你的其他作品。”她说:“好，欢迎你常来。”

我在附近租了间小房子，业余演员的工作继续做，然后真的常常去安子的书店,收集了她所有的书籍，一起讨论她书中琼瑶式爱情的幻想。我偶尔冒出一两句书中的原话，让她惊讶不已。我告诉她自己在北影工作，她表现出极大好感，从闲谈中得知她就是这家书店的老板，几年前流行爱情小说的时候，曾经风靡一时，而今已然过气，我的出现，无疑是俞伯牙遇见钟子期。

那天下午,我到的时候,安子站在门口等车。一个小子站在她身后,正拿着一把锋利的小刀划她手里的挎包。我一脚把小刀踢飞，再把那小子狠狠揍了几拳。她显然是吓蒙了，紧紧拽住了我的手，又惊又无措的样子让我再次心生怜惜。一种负罪感油然而生，天真的安子不会知道这一幕都是我导演的镜头。

4

没有拿玫瑰和巧克力，我翻阅了一本外国经典情诗，在网吧里打印了厚厚一摞。我对安子说:“我怕我是爱上你了，从看到你的书开始，我就知道我遇见了天下最美丽、最有气质和内涵的女孩，这些话都是我对你的表白。”

安子说:“小天，你不会是和我开玩笑吧？”我拿出自己的表演天赋，紧紧盯着她的眼睛，深情地说："安子，我是真的爱上你了，没有你我觉得人生都不会有意义。"

安子的脸红了，再次乍现那种娇羞的美好颜色。她低下了头，思索了一番对我说："小天，我请你去我家吃饭。"

安子住在一栋豪华的别墅中，这让我惊讶不已。开门的是一个比她大 10 来岁的英俊男人，他很礼貌地对我说："欢迎你，我是安子的老公。"一种成熟男人的魅力和风度不经意间就流露了出来。

我的心被重重击了一下，原来，她已经结婚，并且有个这样优秀的老公。那么我岂不是自不量力？我看了一眼安子，她正微笑着，忽然明白她请我来吃饭不过是让我知道没有机会。

我如木偶般坐在那里，听着安子对我诉说着老公的身份，他们是很不容易走到了一起，彼此如何相亲相爱。饭局终于结束了，我沮丧着准备离去，客厅的电话响起，安子的老公接完后匆匆钻进书房。安子脸上顷刻呈现不愉快的神色，轻轻叹口气，无可奈何地说，他什么都好，就是工作太忙。

细小的情节逃不过我的眼睛，我坐下来对安子说："你不是准备逛街吗？我陪你好吗？"她迟疑了一下，点头。

我知道我的计划有了转机。

5

我找了个声音很娇憨的小姐，给了她安子家的电话号码和 100 元。第二天我看见安子红肿着双眼，这样的情形连续了一周，安子终于对我说："小天，我们去喝酒吧。"

酒吧里，这个形容已渐憔悴的女子，在酒精的点染中，她苍白安静的笑容像一苞盛着清露的栀子花。她终于禁不住悲怆出声："小天，你说是不是容忍和宽恕才能泅渡到幸福的彼岸？"

"你写了那么多爱情故事，难道还不明白，被爱才是最真实的幸福。"我紧紧握住她的手，"不管你发生了什么事情，我都会永远在你身边，不离不弃。相信我，亲爱的。"

安子颓然倒在了我的身上，我乘机把她扶到旁边的酒店里。我小心翼翼地轻吻着，我知道自己唯一的优势就是年轻、英俊。我一遍一遍对她说："安子，我爱你。"这句话此刻在她心里的分量我是相当清楚的。她的眼睛开始湿润，由开始的半推半就，继而狂热，一经点燃像烈火一样蔓延，肌肤的语言被表达得淋漓尽致。

整个过程她一直不停地喃喃问道："小天，这是爱情吗？我已经不再年轻了……"

我说："亲爱的，遭遇爱情，年龄永不过期，过期的是幻想爱情的年龄。不要把你的一腔热情沉沦到一个工作狂身上，只有我才能给予你最完美的爱情。"

她彻底臣服了，在我有力的行动下，加上那些甜言蜜语，安子不过是千万个平常女子中的一员，她超脱不了所有对爱情抱着幻想的女人的通病。她爱上了这些平淡生活中激起的浪漫之花，我们开始了情人的生涯。

每次在酒店约会过后，她都会像个贪吃的孩子一样意犹未尽。我不确定她到底是不是真的爱上我了，但是如果说她和那个男人离婚的话，是不是就证明了？

我苦思冥想，没有留下只言片语，悄无声息离开了。

6

一个月后，当我出现在安子面前的时候，这个几近疯狂的女人像抓到了救命稻草一样。她紧紧抱住我："小天，你怎么那么狠心离开我，难道你想抛弃我吗？"

我冷笑："我爱你又能怎么样？主动权掌握在你手里，我又有什么权利？"

她惊愕，不解地问我："你什么意思？"

我继续冷笑："你口口声声说爱我，可为什么还和那个男人在一起，你拿什么来爱我？"

她低下头，半晌才抬起说："小天，我怀了你的孩子，我已经和他签了离婚协议。"

我的大脑当时轰的一下，但很快又涌上一种喜悦的狂潮。我压抑着思绪哄着她在我的小屋里安然入睡，溜出去给玫姐打了个电话。

我没想到玫姐的反应会如此开心。她大笑着说："夏小天，我不会亏待你的。你现在立即离开她，让她去接受她的报应吧。"原来，安子的老公就是玫姐的前夫，玫姐安排我的出现不过是来报复他们的。

"想想你的理想和前途，我已经准备好拍下一部电视剧，就等着你来当主角了，离开她吧。"玫姐继续纵容着。

我呆呆怔立着，心里猝不及防被重击了一下，大脑一片空白。最后到底还是星途的光芒占了上风，我狠狠心给安子留了封信："我走了，你自己好好生活吧。"

半年后，我的第一部电视剧成功拍摄，效果确如玫姐所言，引起很大的轰动，各个媒体争相报道。我坐在新买的大房子里看电视，看关于人们对我下一部新片的反应，中间插播的新闻引起了我的注意。那是一起交通事故，一个待产的女人横倒在马路上，浑身沾满鲜血，惨不忍睹。镜头瞬间闪过，我还是看见了女人的脸，那个第一次看见就震撼我心灵的面孔，那个对爱情抱着卑微信仰，却又被我残忍抛弃的女子。

她到底是带着孩子一个人坚持着，她那样隐忍的女子……

我再也不忍，抑制不住心伤落泪，终于明白纵然我把安子归结于宛若一场结束的戏剧，继而落幕后带来无限荣耀和万丈光芒，但她的音容笑貌和凄切结局终会像施了法术的魔咒一样附体蚀骨。

转头看着窗外，白茫茫一片，天色渐渐暗淡下来，在和白雪的交汇处，安子羞涩纯白的面孔再一次浮现，我的内心再一次疼痛如绞。那一年，雪下得极大。

无法渡过流言的沧海

1

我和李贞在一次旅游中相识。五一长假，我陪着父母到杭州游玩。在车上，有一位漂亮的女孩主动为父亲让座，让我甚是欣赏。分手的时候，我们互相留下电话号码。此后，我便再也忘不了李贞那可爱的笑脸和清脆甜美的声音了。一空闲时我就会打电话给她，在电话里谈天说地，聊得非常愉快。接着，我便约她出来吃饭、逛街，两个人都觉得很开心。

后来，我发现自己一天听不到李贞的声音，就像得了病一样，茶饭不思。我知道自己喜欢上她了，就把她约出来，当面请她做我的女朋友。她当时沉默了一会儿，接着告诉我，她的工作是酒吧的一位“酒推”，常常陪客人喝酒吃饭。因为家里穷，父母的身体又不好，她需要挣些钱贴补家用。同时她也表示对我很有好感，但我是个行政单位的小领导，她觉得高攀不上。

她还遗憾地对我说，我们以后不要再联系了，就当从来没有认识过吧。我当时非常震惊，无法接受这个事实。后来，我再打李贞的电话，她就关机不接。

那段时间我开始彻夜失眠，心里非常痛苦矛盾。从一直的交往中我可以看出来，李贞是个善良的女孩。而更为可贵的是，她从来没有虚饰自己的苦难，没有把自己说得惨不忍睹来引起我的同情。于是，我特意买了一束鲜艳的红玫瑰，跑到她工作的酒吧，紧紧地握着她的手说:“我不在乎你是做什么的，我爱你，我就是要和你结婚，答应我吧！”李贞泪如雨下。在激动和幸福中，李贞投入了我的怀抱。当天晚上，我留到了她的租屋里。

我把自己有了女朋友要结婚的消息告诉了父母，还把李贞带到他们面前，却并没有把李贞的真实身份告诉他们。父母也认出了她就是上次那位让座的女孩，甚是喜欢。他们询问李贞的工作单位，我便抢着说，她原来的单位效益不好，现在不干了，等我们结了婚，我准备在单位帮她找个合适的工作。

我们很快登记结婚。没有怎么铺张婚礼，只是请同事和几个老哥们儿在一起吃了一顿饭。所有的同事都夸赞李贞的美貌，说我真是个有福气的人。

2

婚后，我让李贞辞去了酒吧的工作，拿出一些积蓄为李贞开了一间花店。李贞每天晚上回家，总是把家里收拾得妥妥帖帖，把饭菜做好。我总会幸福地开玩笑说，我真是过上了饭来张口、衣来伸手的腐败生活了呀！那段时间，我们沉浸在新婚的喜悦中，非常幸福。

半年后的一天，父母突然到我们家来，都铁青着脸。父亲问："李贞原来是在酒吧上班的？"我愣了一下。原来，李贞的一个亲戚跟父亲的邻居相识，无意中说出了李贞在酒吧工作的事情。我竭力解释，父亲却坚定地要求我们离婚，我当然坚决不从。僵持中，两个老人气呼呼地走了。此后，父亲更是不断地打电话给我，软硬兼施，逼迫我跟妻子离婚。我说什么也不肯，父子间弄得形同水火。

一个月后，父亲气愤地跑到我的单位，把李贞的事情告诉了领导，希望他们出面调解，劝说我们离婚。单位领导也犯难了，不管李贞以前是干什么的，毕竟婚姻是受法律保护的呀。领导劝说两位老人，让他们顺其自然，只要我生活得幸福就行了。但两位老人这样一闹，李贞从前在酒吧的往事终于浮出水面，在单位里成为一条轰动一时的新闻。有时候李贞出门，就有人在她身后指指点点的。

然而这时，李贞发现自己怀孕了。我欣喜若狂，立刻带着她去医院做了检查。医生告诉我，李贞已经怀孕快两个月了。父母得知儿媳怀孕，一时间不知所措。他们再不喜欢李贞，也不能拿未来的孙子开玩笑。于是，两位老人决定偃旗息鼓，不再提让我离婚的事了。

几个月后，李贞生下了一个白白胖胖的儿子，我兴奋地给儿子起名为乐乐。父母高兴得双双赶到医院，抱着乐乐不舍放手。虽然他们对李贞还是十分冷淡，但对孙子却疼爱有加。

乐乐两岁生日，父母特地要求把孩子带到自己身边上幼儿园。我不同意，母亲说："总跟着他妈能有什么好？别让我说出不好听的来。"见我又要跟父母争吵起来，李贞赶紧答应一切，依了母亲。

3

那段时间，花店的门面房由于拆迁，李贞便在家里休息。乐乐被带走后，她更是百无聊赖。我见她思儿心切，怕她闷出病来，就去买了一台电脑回来教她上网，还特意为她申请了一个 QQ 号。

一天晚上，我无意间走进卧室，见李贞正在跟一个女人视频聊天。我看着这个女人十分面熟，突然想起来是李贞以前在酒吧工作的同事。我没好气地对她说："怎么又跟这种人联系上了呢？"李贞不在意地说："我们在网上偶然遇到的。"我不由分说"啪"的一声拔掉了电脑的电源，怒气冲冲地摔门而去。李贞知道我生气了，追着我解释。我却非常愤怒地说："你就是一直忘不了以前的人，忘不了以前的事！"李贞也愤怒了："付喻新，你也太敏感了吧，我看是你忘不了我以前的事！"

这次争吵后，夫妻间留下了说不清道不明的阴影。半年后的一天，父母突然带着乐乐来了。背着李贞，父亲却忧心忡忡地对我说："大家都说孩子越长越不像你。说的人多了，弄得我们心里也难过。"

两位老人临走时痛苦地建议我去做个亲子鉴定，也好放心。我顿时心烦意乱，不知所措。从内心深处来说，我知道乐乐肯定是自己的亲生骨肉，可我没有想到流言会如此残忍，连一个孩子也不肯放过。我一看到儿子白胖的小脸，总觉得心里有些疙瘩：这孩子，究竟像谁呢？

过年的时候，我参加了大学同学们组织的聚会。酒酣耳热之际，一位同学突然凑到我跟前，神秘兮兮地说："听说最近大家都在议论你的儿子，说你儿子长得不太像你呀！这可不是件小事啊！马虎不得！"那天晚上，我喝得烂醉如泥。

再后来，我每日里痛不欲生，就算自己再自信，也快被这谣言淹死了！经过几番痛苦的挣扎，我终于决定，带儿子去做个亲子鉴定。我知道，这样做对李贞的伤害是巨大的，但我不愿意继续生活在猜疑的痛苦中，我要给家人个交代。

由于这本身就是件丢人的事情，我带着儿子去了一家私人的小医院。抽血的时候，儿子一点也不怕痛，天真地说："爸，你看我好勇敢呢！"抱着儿子，我不由得潸然泪下。

鉴定结果出来后，乐乐居然和我没有血缘关系，这让我异常愤怒。当天晚上，李贞回家后，我把鉴定书扔到她的脸上，还狠狠抽了她一巴掌，让她带着孩子滚蛋。李贞被打蒙了，半晌才回过神来，她流着眼泪说："自从和你结婚后，我从来没有做过对不起你的事情。乐乐是你的儿子绝对不会错，你怎么不相信我呢？"

我根本不听她的解释，狠心把她和乐乐推了出去。李贞临走前，愤怒地要求我重新找个权威的医院再做个鉴定，还她清白。为了让李贞心服口服，我同意去了省城一家大医院再次做了鉴定。

几天后，亲子鉴定的结果出来了，乐乐与我的血缘关系的可能性高达99％以上。原来那家私人医院由于操作马虎，把我和别人的血液混淆了。父母知道了所有的事情后，悔恨莫名。

然而我再也找不到李贞和乐乐的踪影。我打通了李贞的手机，哭着告诉她亲子鉴定的结果，向她道歉，请求她带儿子回家。李贞却平静地提出了离婚。她说："虽然最终的结果还给了我清白，但无端怀疑给我的心理和自尊上造成了巨大的伤害，也给孩子幼小的心灵抹上了难以磨灭的阴影，我是无论如何都不会再和这样一个不信任我的丈夫在一起生活的。”

僵持了两个月，李贞还是同我离婚了。我终于明白，婚姻中最重要的是相互理解和信任，夫妻间一旦出现问题，应该及时交流和沟通，共同解决问题，而不是抱着怀疑的态度，一错再错。只可惜一切都太迟了。

在婚姻离合中疲惫

1

我和子宁是在一场大型的募捐活动中相识的，当时 28 岁的我是策划公司的设计师，而子宁是这次活动的主持人。当她清甜的嗓音响起的时候，我忍不住多看了两眼，她也笑吟吟地看着我。当她转去后台时，我又忍不住过去再看她一眼，没想到她也同时在回头看我，四目相对，一种别样的情愫开始蔓延。

活动结束后，我鼓起勇气向她要了联系方式。接着我们热烈地恋爱起来，两个人都感觉对方是自己寻找已久的终身伴侣。3 个月后，我们闪电结婚，新房是两人合资买的三室两厅。

子宁的性格开朗活泼，喜欢交际，而我的性格内向沉稳，喜欢待在电脑旁设计图纸。这种性格差异带来的矛盾，在结婚后的平淡生活中逐渐显露了出来。比如子宁喜欢和朋友一起蹦迪、泡吧，而我则认为那里的环境太嘈杂。子宁喜欢在节假日出去旅游，而我喜欢待在家里打打游戏、看看电视。

我们家三代单传，父母一直都想抱孙子，孝顺的我也想早点要个孩子，但子宁觉得自己还年轻，应该在事业上有一番作为，不想过早被生育牵绊住，每次都要做防范措施。我略施小计，导致子宁“意外”怀孕。我惊喜不已，子宁却独自去医院做了流产手术。当她拖着虚弱的身体回来告诉我这个消息时，我十分气恼，忍不住对她大吵起来，言语中透露了她怀孕是我好不容易做的手脚。子宁也气愤难平，她生气地收拾好衣服摔门而去。

子宁关了手机，搬到单身同事家去住。我在消气后去找了两次，她都避而不见。一天晚上，我在她单位对面苦苦等候她加班。当她出来时，我兴冲冲迎过去，却被从拐角冒出来的一辆摩托车撞上了。我坐在地上痛得龇牙咧嘴，而子宁认为我是在故意博取她同情。她愣愣一番后，硬是拉着女同事的手走开了。我只能自己打电话叫救护车，到医院后，经诊断，我的左脚脚脖处骨折。

打了厚厚的石膏从医院回家，子宁也赶回来向我认错，但是我再也无法原谅这样一个冷血的妻子，我在悲愤中提出了离婚。

2

冷战了一个月后，子宁终于答应了离婚的要求。房子归子宁所有，她补偿我 15 万元。由于子宁当时手里没有那么多钱，我也一时找不到合适的住处，经过协商，她先支付我 5 万元，我暂时和她分室住在这套房子里，等她全部付清余款后我再搬出去。

子宁对于离婚的事实有点心绪难平，她请了假去丽江旅游。看到这一切，我心里稍稍有了得意的快感。在她离开一周后，请了长假在家休养的我，面对偌大的房间，忽然有了空荡荡的寂寞感，我有点想念她在身边的感觉。

当子宁回来时，我心里莫名其妙地松了一口气，明明已经离婚的人，却有久别重逢的感觉。子宁彻底摆脱了离婚的阴影，她每天打扮得靓丽非凡去约会见面，我情不自禁醋意翻腾。有一次还有一个陌生男人随她回来过夜，当一墙之隔的欢爱呻吟传来的时候，我彻夜难眠。

我再没有权利干涉子宁的私生活，但我发誓要找一个条件比她好的女人，来让她羞愧难当。我不方便出门相亲，便在电脑上和一个条件比较优秀的外地女孩谈起了网恋。她发来的照片比子宁漂亮，我更加坚定自己的爱情信念。当她因母亲病重需要一笔钱的时候，我为表诚意，毫不犹豫地把自己的存款全部汇了过去，最后等来的结果是她从此杳无音信。

确认被骗的我在酒吧里烂醉如泥，回到家里，正巧子宁刚刚洗完澡穿着吊带的睡衣躺在沙发上看电视。袒露的肌肤细滑如丝，曲线玲珑毕现，顿时让我热血沸腾，一种从脚底升腾到腹腔里的炙热开始在全身蔓延。我探询着把手伸过去，她半推半就中，被我抱上了床。

子宁再次给予的身体激情，让我开始后悔当时离婚过于冲动。平心而论，和身边接触的女人比较而言，子宁还是最优秀、最漂亮的，我有了和她重归于好的想法。

可子宁依旧和那个被她领回家的男人交往，对我不冷不热，我又不好意思主动开口提出复婚。

3

我无意中在书房的电脑上点击浏览记录，看见了子宁的博客，她在博客中讲述了自己一些隐秘的事情。离婚后她心情不好的那阵，外出旅游认识了一个男人。两人一见如故，男人给予她无微不至的照顾，让情绪低落的子宁感动之下和他发生了一夜情。回来后，两人都没有任何联系，但作为一个很有素养的女人，这件事情让她略感自责。

我暗中查到被子宁领回家的男人的单位，把子宁的这段博客添油加醋整理一番后，打印下来寄给了他。三天后，子宁红肿着双眼回来，以后再也没见那个男人的身影了。

我不失时机表示了自己对当初草率离婚的后悔，并情深意切地请求子宁再给彼此一个机会。子宁沉思了一会儿，表示考虑一段时间。

这段时间，我费尽心思，一面对子宁甜言蜜语，送花约会，俨然热恋中的痴情男人；另一面绞尽脑汁想出各种方式，要么就是爆料子宁有不孕症，或者个人生活作风不好，等等，让所有和子宁有爱情趋向的男人统统远离。

在这段时间，由于我一心多用，工作上渐渐力不从心，性格也开始变得敏感多疑，经常迟到早退，被上司屡次批评。一次，由于头天晚上我请子宁去吃日本料理，需要加班的一个策划书没能按时完成，第二天赶到公司的时候，部门经理正在发火，我争辩了几句。最后的结果可想而知，我被公司解聘了。

尽管付出的代价如此巨大，让子宁再次回到我的身边的念头却愈加强烈，只要能达到目的，一切都是值得的。

4

那天半夜子宁发起高烧，我忙不迭地给她买了退烧药，端茶倒水，忙活了一夜不眠。第二天，子宁的情况不但没有好转，又开始咳嗽起来。子宁的父亲有肺结核的病史，这让她非常恐慌。我当机立断为她请了病假，背着她下楼去医院。看着我为了照顾她，不怕被传染，跑前跑后、面色憔悴的样子，子宁彻底感动得哭了起来。

我乘机对她说："衣不如新，人不如旧，等你出院了，我们就去复婚吧。"子宁没有犹豫就点头同意了。

最后医院诊断为重度感冒，和肺结核没有关系。子宁休息了两天，我们就去再次办理了结婚证。

那天夜晚，当我再次和子宁相拥着同榻而眠之时，却没有了想象中的激烈感觉。在昏黄的灯光下，我居然发现子宁笑起来的时候，眼角有很深的皱纹，她的皮肤也没有以前那么细腻了，这让我很是失望。

再想到子宁曾经偎依在别的男人怀里情浓意蜜，这个明明属于我的老婆，却和别的男人有着亲密的"失贞"行为，我的心头就如同有千万只蚂蚁在噬咬，忌妒、愤恨、沮丧，各种难受的滋味交杂在一起，像潮水一样奔涌上来，让我再也忍不住翻身下床。

正预备迎接一场激情风暴的子宁吃惊地看着我。当她伸手过来拉我的时候，我忽然感觉这只手也很脏，鬼使神差地说了一句："别拿被其他男人摸过的手来碰我。"子宁怔怔一番，半晌才回过神来，她掩面痛哭，抱着一床被子睡到了隔壁。

纸包不住火，很快子宁知道了关于我对她使用的一切损招和散布的谣言。她大骂我卑鄙，我回敬她无耻。和子宁在第一次离婚前的一些性格爱好方面的问题再度呈现，加上我一味沉浸于复婚计划中，很长时间没有做什么正式工作，经济也出现一定窘迫状况。这让我很是沮丧，大有赔了工作，还没有收获到想要的老婆的吃亏心态。可我坚持不愿再次和子宁离婚，这样不但会让周围的人笑话，且会让我感觉更加一无所获。

就这样，我和子宁的婚姻没有预料中的劫后重生，反而天天在争吵中度过，日子过得一塌糊涂。

5

终于，在一次激烈争吵过后，子宁吞了大量安眠药。被送到医院洗胃的时候，她坚持不合作，抱着一死了之的绝望心态。看着她苍白无助的脸庞，曾经在一起恩爱美好的时光翻涌而出，眼前这一切并不是我想要的局面啊！可到底是什么原因造成这样的结果呢？思忖再三，我在痛苦的煎熬中走进了心理咨询中心。

心理医生详细问询了关于我和子宁复婚前后的情况后，告诉我，我是陷入了“离婚后遗症”的误区。人都有一种“得不到是最好的，失去了立马变得最珍贵”的心理，离婚后情绪低落、抱怨，对分手后的配偶现今的生活充满嫉妒、不能自拔，一旦前妻真的回到身边，又对她其间和别的男朋友的亲密交往不能释怀，两人间的矛盾必将愈演愈烈。

这种病态的行为并不是出于爱，如果不能及时终止，将容易诱发其他心理疾病，甚至引起犯罪。

从心理咨询中心出来，我深切意识到自己的症结所在，为自己的荒唐和对子宁的伤害深感羞愧。

一周后，我和子宁再次协议离婚，我们互相祝福对方早日找到合适的终身伴侣。而这场疲惫不堪的婚姻离合中，我深刻明白了，婚姻是需要宽容和理解来经营的，如果一旦分手，就不要再沉浸在过去的悲伤中，应该积极振作，调整好情绪面对现实，用良好心态的迎接下一段幸福。

曾经拥有的不要忘记

已经得到的要更加珍惜

属于自己的不要放弃

已经失去的只留作回忆

累了就把心靠岸，选择了就不要后悔

苦了才懂得满足，痛了才享受生活，伤了才明白坚强

总有起风的清晨，总有绚烂的黄昏，总有流星的夜晚

不管昨天、今天、明天

能豁然开朗就是美好的一天